越中万葉をあるく

歌碑めぐりMAP

高岡市万葉歴史館 編

刊行にあたって

本書は、『越中万葉をたどる』（平成二十五年刊）、『越中万葉を楽しむ』（平成二十六年刊）に継いで、『高岡市万葉歴史館論集』の別冊として刊行するものです。『高岡市万葉歴史館論集』は明確にテーマを定めた万葉集研究書として、一定の評価を得てきました。しかしながら、高岡市万葉歴史館をご利用になる一般の方々には、論集はやや専門的な傾向の強いものとして親しみ難いところがあり、もう少し身近な本を刊行して欲しいという要望がありました。論集の別冊は、そういった要望に応じて、一般の方々にもっと越中万葉に親しんでいただくために、論集を一旦休んで、北陸新幹線開通に向けて三年計画で刊行することにしたものです。

平成二十六年三月十八日、高岡市の「有磯海《ありそうみ》（女岩《めいわ》）」が松尾芭蕉《まつおばしょう》ゆかりの「おくのほそ道の風景地」の一つとして国の文化財（名勝）に指定されました。富山県内では特別名勝の黒部峡谷、名勝の称名滝に続く三件目の名勝で、高岡市内では初の指定です。松尾芭蕉が、『おくのほそ道』の旅に出たのは元禄二年三月二十七日、四十六才のことでした。芭蕉の旅の目的は、能因法師や西行といった旅の歌人の足跡を慕い、「歌枕」をたずねることにありました。

『おくのほそ道』に芭蕉が残した越中ゆかりの句は、

わせの香《か》や　分《わ》け入《い》る右は　有磯海

という句ですが、この歌枕「有磯海」は、高岡市伏木から氷見市までの海岸（雨晴海岸一帯）の古称で、家持が弟書《ふみ》持《もち》の死を悼んだ挽歌、

かからむと　かねて知りせば　越の海の　荒磯《ありそ》の波も　見せましものを　（巻17・三九五九）

を典拠とするものです。

「歌枕」とは、和歌にしばしば詠み込まれる名所や旧跡をさす和歌用語で、その地名は『能因歌枕』『五代集歌枕』『八雲御抄』などといった歌学書に載せられていますが、ことには日本最古の歌集である万葉集に歌われた地名が尊重されました。

こういった「歌枕」をたどる文化は、日本が誇るべき独自の旅の文化です。万葉集に歌われた土地を訪れ、能因が、西行が、歌を残し、芭蕉が句を残しという具合に歌枕の地には重層的に文化が合わさっています。そこをたずねることは古人のこころをたずねることにつながります。ことに万葉集の歌は現場性が強く、歌の詠まれた故地を訪ねる旅が全国の愛好家によって行われています。海山の景観は、古今に大きな変化はありません。私たちは今でも、家持や芭蕉が眺めたとほぼ同じ「有磯海」の景観を目にすることができるのです。

本書は、越中の万葉故地を訪ねるよすがとなるように、越中万葉歌碑の所在を地図にしています。是非本書を携えて、越中の万葉故地を訪ねていただきたく思います。

高岡市万葉歴史館館長・坂本信幸

目次

目次

かつて、高岡市の伏木の地には、奈良時代に越中の国府が置かれていました。この国府に、『万葉集』を代表する歌人である大伴家持が国守として赴任してきたのは 746 年（天平 18 年）29 歳の時でした。家持は越中の地に 5 年間滞在し、美しい自然のなかで数多くの優れた歌を詠み、『万葉集』に残したのです。

大伴家持がみた越の国、万葉のふるさと高岡とは。

富山県高岡市には、ＰＲ用のことばがふたつあります。ひとつは江戸時代の加賀藩前田家の文化が息づく《ものづくりのまち》、もうひとつは奈良時代の『万葉集』ゆかりの地としての《万葉のふるさと》です。まったく異なるこのふたつが混じりあった町、それが高岡市の魅力です。

《ものづくりのまち》・高岡は、一六〇九年（慶長《けいちょう》十四年）、加賀《かが》藩二代藩主前田利長《としなが》公が高岡城に入城して町を開いた時からその歴史は始まります。幕府による一国一城の取り決めで、残念ながら高岡城は廃城となりましたが、その城跡は「高岡古城公園」として整備され、気軽に憩うことができる里山として市民から愛されています。また、北陸新幹線の新高岡駅の近くには、この利長公の菩提寺である国宝「瑞龍寺《ずいりゅうじ》」と、国史跡である「前田利長墓所」があります。そして、利長公と続く三代利常《としつね》公の手厚い保護によって発展した高岡には、いまも高岡銅器・高岡漆器などの伝統工芸産業が連綿と守り伝えられ、市街地には、日本三大大仏に数えられている「高岡大仏」や、毎年五月一日に行われる「高岡御車山《みくるまやま》祭」の中心となる土蔵造りの街並みが続く「山町筋《やまちょうすじ》」、さらには、高岡の繁栄を図るために鋳物師を移住させたのが起源である高岡銅器産業の中心地「金屋町《かなやまち》」という千本格子作り（地元では「さまのこ」と言います）の町並みが残る石畳の道が続く町などがあり、江戸時代にタイムスリップしたような感覚を味わうことができます。

さて、もうひとつの《万葉のふるさと》・高岡ですが、『万葉集』のなかで「越中《えっちゅう》」ゆかりの歌を「越中万《えっちゅうまん》葉《よう》」と呼び慣わしています。『万葉集』の歌の大半は、奈良県を中心にした現在の近畿地方で詠まれていますが、その近畿地方の次に数多くの歌が残されているのが越中なのです。

かつて、高岡市の伏木《ふしき》の地には、奈良時代に越中の国府が置かれていました。この国府に、『万葉集』を代表する歌人である大伴家持が国守として赴任してきたのは七四六年（天平《てんぴょう》十八年）二十九歳の時でした。家持は越中の地に五年間滞在し、美しい自然のなかで数多くの優れた歌を詠み、『万葉集』に残したのです。国府のあったとされる場所には、古刹《こさつ》「勝興寺《しょうこうじ》」が建っています。またその近くには、家持が住んでいたとされる国守館跡もあります。そして、日本で初めて『万葉集』をテーマに開館した「高岡市万葉歴史館」も、この

万葉集全 20 巻朗唱の会

伏木の地に建っています。

家持の歌をはじめとして『万葉集』の歌々は、高岡の多くの人々に愛され、高岡やその周辺の万葉ゆかりの地には、家持像や万葉歌碑が数多く建てられていて、これらの万葉故地をたずねる人は年々増えています。また高岡市では、家持の歌に詠まれた詩情豊かな自然を守りながら「万葉」をテーマとしたたくさんのイベントを繰り広げ、「万葉」に関心の深い全国の人々との交流を深めるなどして「万葉のふるさとづくり」に取り組んでいます。とくに毎年十月の第一金曜から日曜にかけて三昼夜にわたって高岡古城公園の堀に設置した水上舞台で開催している「万葉集全20巻朗唱の会」には、市内・県内はもちろん、全国から数多くの人が参加されていて、高岡を代表する祭のひとつとなっています。

『万葉集』といえば誰もが飛鳥や奈良を思い浮かべることでしょう。しかし、『万葉集』にゆかりのある地はほぼ全国に広がっています。ちなみに『万葉集』全四五一六首のうち作者のわかっている歌のベスト五は、家持四七三首、柿本人麻呂九一首、大伴坂上郎女八四首、山上憶良七六首、大伴旅人七一首となります。この家持の歌四七三首のうち、越中の地で詠まれたのはじつに二二三首にものぼります。これは、たんに数多く残したというだけではなく、家持の歌としてよく知られた名歌を数多く含んでいます。

国府のあった伏木の地は「二上山《ふたがみやま》」の山裾に広がっています。この、奈良にある二上山《にじょうざん》（万葉のころはフタガミヤマと称した）と同じ名を持つ二上山の山頂近くには家持像が建っていますが、季節の移ろいとともにさまざまな色合いを見せてくれる山で、家持も歌に詠んでいます。さらに、伏木の北には『万葉集』では「渋谿《しぶたに》」と詠まれている「雨晴《あまはらし》海岸」があります。ここからは海越しに三〇〇〇メートル級の立山《たてやま》連峰が浮かび上がる雄大なパノラマが一望でき、まさに富山湾を代表する景勝地のひとつとなっています。平安時代の終わりに

二上山山頂より立山連峰を望む

源義経が弁慶とともに東北へ向かう途中に雨宿りをしたとされる岩（「雨晴」という名の由来）が残っているこの地は、江戸時代に松尾芭蕉が『おくのほそ道』の旅の途中に訪れて「早稲《わせ》の香《か》や分《わ》け入《い》る右は有磯海《ありそうみ》」という俳句を残した場所でもあります。このことから、平成二十六年に国名勝に指定されました。

家持にとって、詩情をかきたてる豊かな自然と、躍動するエネルギーを持った人びとのなかで暮らした越中時代は、その生涯においてもっとも精彩があったとされる時期で、彼の独創的な歌の境地を作り上げた時代ともいわれています。家持が『万葉集』の編纂にかかわったことはほぼ確実であるとされ、『万葉集』の最後を飾る新年を寿《ことほ》ぐ歌も彼の歌です。この、世界に誇りうる『万葉集』の成立は、家持の才能と存在があったからといっても過言ではなく、その礎《いしずえ》として越中の果たした役割も大きかったと考えられています。

（新谷秀夫）

万葉の世界に浸れる文学・観光散歩のために

万葉故地を紹介！

高岡市では、万葉にゆかりのある歴史的文化遺産を中心にして、
自然との調和を図りながら、万葉歌碑や史跡公園などを整備し、
これらを結ぶ「万葉散策ルート」を設けています。
また、高岡市周辺の氷見《ひみ》市、射水《いみず》市、小矢部《おやべ》市などにも
万葉ゆかりの故地が数多くありますので、
家持ゆかりの地をめぐり、歌碑や詩情あふれる社寺で一服しながら
万葉の世界に浸れる文学・観光散歩をお楽しみいただきたいと思います。

氣多《けた》神社

越中国一宮として崇敬を集める延喜式内社です。三間社寺造り、こけら葺屋根など室町時代の風格を誇ります。昭和６年に国の重要文化財に指定されています。

大伴神社

氣多神社の境内に大伴家持を祀るため、家持没後1200年を記念して、大伴家持卿顕彰会が中心になって昭和60年に創建されました。

渋谿（雨晴海岸）・麻都太枝の長浜

家持はしばしば訪れた「渋谿《しぶたに》」は、伏木《ふしき》の地から北へ１キロメートルほどのところにあります。二上山の山裾が海に突き出たこのあたりは、日本海の荒波に洗われた数々の奇岩がそそり立ち、白い砂と緑の松林が続く景勝の地です。東北へと落ちのびる途中の源義経と弁慶が岩陰で雨宿りしたという伝説から「雨晴《あまはらし》海岸」と呼ばるようになりました。さらに、この海岸から氷見《ひみ》市にいたる長浜は、家持が歌に詠んだ「麻都太枝《まつだえ》の長浜（松太枝浜、松田江浜）」です。

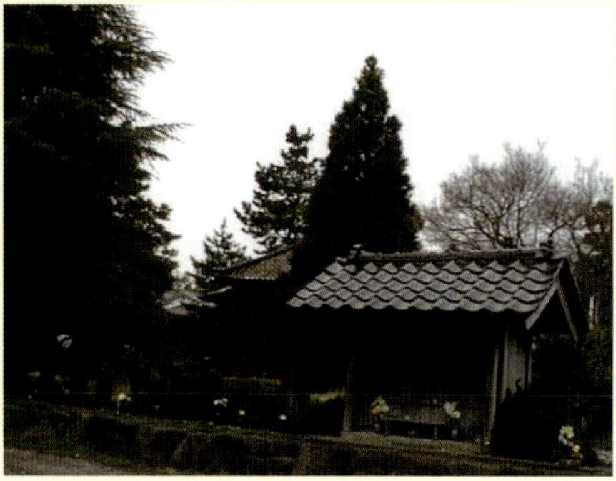

越中国分寺跡

聖武天皇は741年（天平13年）に五穀豊穣、国家鎮護を祈願して諸国に国分寺建立の詔を出しました。越中《えっちゅう》にも、高岡市伏木《ふしき》一宮《いちのみや》の地に、国分寺が置かれたとされています。その場所には現在、小さな薬師堂と石仏が並んでいます。

勝興寺《しょうこうじ》（越中国庁跡）

伏木の地に建つ、約200メートル四方の寺域を持つ古刹です。ここに奈良時代、越中国庁が建っていたと推定されています。中世風の豪壮な伽藍を持ち、国の重要文化財に指定されています。なお、平成10年度から平成16年度までの第Ⅰ期修理を終え、いまは平成17年度から平成29年度までの第Ⅱ期修理中です。

二上山《ふたがみやま》

その名のとおりふたつの峰をもつ標高274メートルの小高い山です。家持は、奈良にある二上山と同じ名を持つこの山を朝夕眺めて特別の感懐を持っていたようです。

越中国守館跡

「東舘《ひがしだち》」の小字名が残るこの場所は、真下に「射水《いみず》河（現在の小矢部《おやべ》川）」がとうとうと流れ、眼前に「奈呉《なご》の海」や雪をいただく「立山」の峰々を望むことができる景勝の地であったことが『万葉集』からうかがえます。ここには現在、高岡市伏木気象資料館が建っています。

布勢の水海・布施《ふせ》の円山《まるやま》（氷見市）

「布勢の水海」は、家持が好んで舟遊びをし、たくさんの歌を残した場所です。現在ではすっかり干拓され、「十二町潟《じゅうにちょうがた》水郷公園」にその昔を偲ぶのみですが、奈良時代には、遠く二上山の麓あたりまで広がっていたとされる広大な湖でした。水郷公園から南西 1.5 キロメートルのところに標高 20 メートルの「布施の円山」があります。

田子浦藤波《たこのうらふじなみ》神社（氷見市）

石段におおいかぶさるように大きな藤の老木があり、毎年 5 月中旬ごろに優美な花を咲かせます。家持は「布勢《ふせ》の水海」を遊覧したとき、咲きほこる藤の花を望み見て歌を詠んでいます。

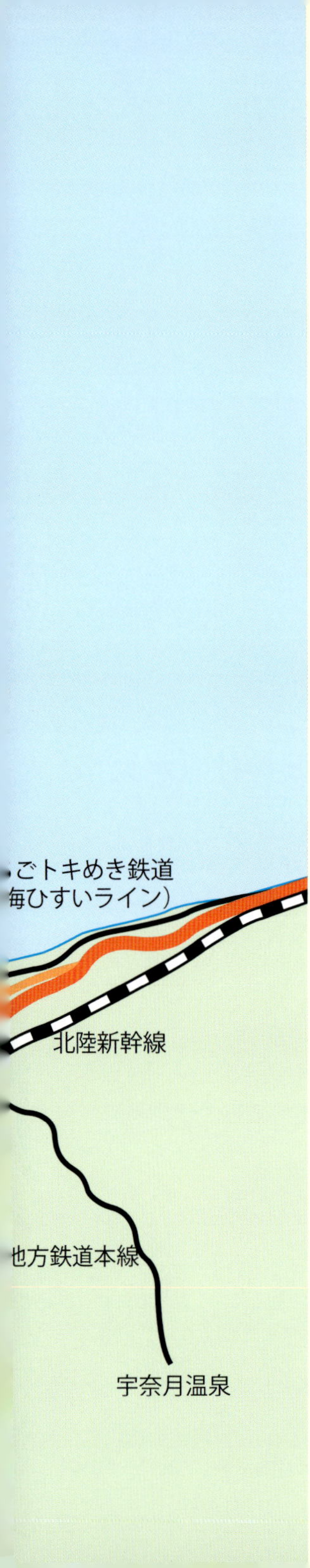

歌碑めぐり MAP

【越中万葉歌碑をめぐるために】

「越中万葉歌碑」をめぐるために小さな参考書を作りました。

この本には、越中万葉歌碑に関するすべての情報が載っているわけではありません。

越中万葉歌碑の詳しい情報は、高岡市万葉歴史館編『越中万葉百科』に掲載してあります。

越中万葉歌碑を訪ねようとする時には、「ウォーク万葉」や、本田義憲・田村泰秀著『万葉の碑』（創元社、昭和 57 年）、田村泰秀『萬葉二千碑』（萬葉の碑を訪ねる会、平成 20 年）、小谷野善三郎『万葉の旅　北陸道　万葉の歌碑を訪ねて』（行路文芸社、平成 16 年）などが参考になります。

越中万葉歌碑の多くは、公共交通手段の皆無な土地に建っています。

レンタカーやタクシーを使えば歌碑の近くまでは行けますが、レンタカーでは、現場での駐車場の確保が難しいかも知れません。タクシーの運転手さんは、きっとそこへ行ったことがなく、歌碑を見つけるのは難しいかも知れません。

車をどこへ止めるといいのか。周辺に美味しいものはあるのか。そんな情報は、さまざまな理由で、この本には載せていません。記載できなかったたくさんの情報があります。

この本を手にとって、興味を覚えた場所があったら、ぜひ、高岡市万葉歴史館までお問い合わせください。

能登・富山地図

能登空港
470
穴水
のと里山海道
のと鉄道七尾線
能登島
七尾
JR 七尾線
あいの風と
470
氷見
黒部
能越自動車道
JR 氷見線
のと里山海道
富山
ライトレール
越の潟
岩瀬浜
高岡
万葉線
8
石動
8
富山
津幡
北陸自動車道
IR いしかわ鉄道
富山地方鉄
富山
きときと空港
東海北陸
自動車道
JR 高山
本線
JR 城端線
富山地方鉄道
上滝線

1. 射水郡《いみず》

射水市・氷見《ひみ》市・高岡市

現在の富山県西部、射水《いみず》市・氷見《ひみ》市と高岡市の北半分の範囲とされる。当時の越中の国府が現在の高岡市伏木《ふしき》の地にあったため、《越中万葉》のなかでもっとも多くの歌が残されている。さらに、その大半は国府とその周辺で歌われたと考えられるので、《越中万葉》の大半は高岡市ゆかりの歌ということになろうか。

そのような状況ではあるが、現在の射水市に関わるものとしては、

東風《あゆのかぜ》　いたく吹《ふ》くらし　奈呉《なご》の海人《あま》の　釣《つり》する小舟《をぶね》　漕《こ》ぎ隠《かく》る見《み》ゆ　（大伴家持　巻十七・四〇一七）

【現代語訳　あゆの風が激しく吹いているらしい。奈呉の海人たちの釣りをする小さな舟が漕ぎ進むのが、高波のあいだから見え隠れしている。】

に代表される「奈呉」を詠んだ歌がある。「奈呉」とは現在の射水市北西部、旧新湊《しんみなと》市あたりを指し、富山県有数の漁港のある場所だが、《越中万葉》で「奈呉の海人」がよく歌われていることから、当時すでに漁師町として栄えていたのかもしれない。

つぎに氷見市に関わるものとしてはまず、

布勢《ふせ》の海《うみ》の　沖《おき》つ白波《しらなみ》　あり通《がよ》ひ　いや年《とし》のはに　見《み》つつしのはむ　（大伴家持　巻十七・三九九二）

【現代語訳　布勢の海の沖に立つ白波のように、ずっと通い続けて、毎年毎年この眺めを見て愛でよう。】

と最初に歌った通り毎年訪れ、おそらく越中のなかで家持がもっとも気に入っていた場所である「布勢の水海」をはずすことはできないだろう。と同時に、「つなし捕《と》る氷見《ひみ》の江《え》」（巻十七・四〇一一）とも歌っていることから、氷見市も「奈呉」と同じく古くから漁師町として栄えていたようだ。

残る高岡市に関わる歌だが、なかに「射水」を詠んだ歌がある。

朝床《あさとこ》に　聞《き》けばはるけし　射水河《いみづかは》　朝漕《あさこ》ぎしつつ　唱《うた》ふ船人《ふなびと》　（大伴家持　巻十九・四一五〇）

【現代語訳　朝の床のなかで耳を澄ますと遠くはるかに聞こえてくる。射水河を朝漕ぎながら歌う舟人の声が。】

寝床で耳を澄ますと「船人《ふなびと》の唱《うた》」が聞こえたというのだから、家持の暮らす館のすぐそばに流れていただろう「射

水河」は、現在の小矢部《おやべ》川のことである。これ以外にも、射水郡の地名は歌われていないが、

春の苑《その》　紅《くれなゐ》にほふ　桃《もも》の花　下照《したで》る道《みち》に　出《い》で立《た》つ娘子《をとめ》　（大伴家持　巻十九・四一三九）

【現代語訳　春の庭園は一面に赤く照り映えている。紅色に咲く桃の花、その樹の下まで赤く照り輝く道に、ふと立ちあらわれる少女の姿。】

もののふの　八十《やそ》娘子《をとめ》らが　汲《く》みまがふ　寺井《てらゐ》の上《うへ》の　堅香子《かたかご》の花《はな》　（大伴家持　巻十九・四一四三）

【現代語訳　（もののふの）たくさんの少女たちが入り乱れて水を汲んでいる寺井のほとりに群がり咲いているかたかごの花。】

など、だれもが知っている《越中万葉》の名歌の多くは、射水郡、そのなかでもおそらく国府のあった高岡市で詠まれたものが多いのである。

（新谷秀夫）

【古代射水郡関連史料】

○史跡

小杉丸山遺跡公園（射水市流通センター青井谷一—二六）

【飛鳥時代の瓦陶兼業窯と工房跡。ここで焼かれた瓦が高岡市伏木の御亭角遺跡へ供給されたことが判明している】

○平城宮跡出土木簡

・国射水郡□（旧カ）

○東大寺領荘園絵図

天平宝字三年（七五九）「越中国射水郡須加開田地図」（正倉院宝物）

「越中国射水郡鳴戸開田地図」（奈良国立博物館）

「越中国射水郡榠田開田地図」（正倉院宝物）

神護景雲元年（七六七）「越中国射水郡須加村墾田地図」（正倉院宝物）

「越中国射水郡鳴戸村墾田地図」（正倉院宝物）

「越中国射水郡鹿田村墾田地図」（正倉院宝物）

神護景雲元年（推定）　「越中国射水郡鳴戸村墾田地図」（奈良国立博物館）

「越中国射水郡鹿田村墾田地図」（奈良国立博物館）

○『和名類聚抄』

郡名「伊三豆」

管郷　阿努・宇納・古江・布西・三島・伴・布師・川口・櫛田・塞口

○『延喜式』神名帳

射水神社・道神社・物部神社・加久弥神社（二座）・久目神社・布勢神社・速川神社・櫛田神社・礒部神社・箭代神社・草岡神社・気多神社

【関連展示施設】

□射水市埋蔵文化財整理室・考古資料展示室（射水市小島六八四—二）

□射水市新湊博物館（射水市鏡宮二九九）

□小杉丸山遺跡（飛鳥工人の館）（射水市流通センター青井谷一—二六）

□高岡市立博物館（高岡市古城一—五）

□高岡市万葉歴史館（高岡市伏木一宮一—一一—一）

□氷見市立博物館（氷見市本町四—九）

地図 24
地図 23
地図 27
地図 29
地図 25
立山 IC
地図 26
富山 IC
富山きときと空港

1. 高岡市・射水市図

地図 2
能越自動車道
地図 7
高岡北 IC
地図 4
地図 5
高岡 IC
地図 8
地図 9
福岡 IC
地図 6
小杉 IC
富
高岡砺波スマート IC
小矢部東 IC
砺波 IC

5 **松の間に波笑へりと思へかも大伴家持も見けむこの波**（尾山篤二郎）

6

玉久しげ二上山に鳴く鳥の声の恋しき時は来にけり（17・3987）
書◎五嶋道男
場所◎古府小学校校門脇
交通◎加越能バス「古府小学校前」すぐ。JR 氷見線「伏木」から徒歩 20 分

7 （17・3987、4001、4017、19・4150）

8 **玉久しげ二上山に鳴く鳥のこゑの恋しきときは来にけり**（17・3987）

9 **玉くしげ二上山に鳴く鳥の声の恋しき時は来にけり**（17・3987）

10 **かき数ふ二上山に神さびて立てる栂の木もとも枝も同じ常磐に**（17・4006）

11 （17・3970、18・4091、19・4143、4159）
場所◎二上まなび交流館中庭
交通◎加越能バス「下二上」徒歩 10 分

12 （17・4017、4018、4020、19・4150）

13

玉くしげ二上山に鳴く鳥の聲の恋しき時は来にけり（17・3987）
書◎社浦荻水
場所◎万葉小学校校門脇
交通◎加越能バス「二上」「上二上」徒歩 5 分

2. 越中国府・二上山周辺

1

渋谿を指して我がゆくこの濱に月夜飽きてむ馬しまし停め（19・4206）
書◎村田豊二
場所◎太田小学校校門脇
交通◎加越能バス「太田小学校前」すぐ。JR 氷見線「雨晴」から徒歩 20 分

2

磯の上のつまゝを見れば根を延へて年深からし神さびにけり（19・4159）

3

磯上之都萬麻乎見者根乎延而年深有之神佐備尓家里（19・4159）
書◎不詳
場所◎つまま公園
交通◎加越能バス「岩崎口」徒歩 5 分。JR 氷見線「雨晴」から徒歩 10 分

4

渋渓の二上山に鷲ぞ子産とふ翳にも君が御為に鷲ぞ子産とふ（16・3882）
書◎堀健治
場所◎太田の湯への道の途中
交通◎加越能バス「岩崎口」徒歩 10 分。JR 氷見線「雨晴」から徒歩 20 分

1
光暁寺
伏木
コミュニティセンター
（伏木会館）
4
象資料館
「伏木駅前」
バス停
伏木駅
小矢部川
伏木万葉大橋

3. 高岡市万葉歴史館周辺

10

立山に降り置ける雪を常夏に消ずて渡るは神ながらとそ（17・4004）
場所◎万葉歴史館口交差点
交通◎加越能バス「伏木一の宮」徒歩3分。JR 氷見線「伏木」から徒歩15分

11

棡野爾左乎騰流鴆灼然啼爾之毛将哭己母利豆麻可母（19・4148）
書◎亀畑明曠
場所◎伏木中学校「棡の森公園」
交通◎加越能バス「古府」徒歩3分。JR 氷見線「伏木」から徒歩15分

12

しなざかる越に五年住み住みて立ち別れまく惜しき夕かも（19・4250）
場所◎万葉ライン入口交差点西北角

13

馬並めていさうち行かな渋谷のきよき磯みによするなみ見に（17・3954）
書◎大島文雄
場所◎氣多神社境内
交通◎加越能バス「伏木一の宮」徒歩10分。JR 氷見線「伏木」から徒歩20分

14

長歌　射水河　い行きめぐれる…（17・3985）
書◎深松海月
場所◎高岡市万葉歴史館前庭

15

長歌　天ざかる　鄙に名かかす…（17・4000）
書◎犬養　孝
場所◎高岡市万葉歴史館屋上庭園

16

今日のためと思ひて標めしあしひきの　峰の上の桜かく咲きにけり（19・4151）
場所◎高岡市万葉歴史館屋上庭園

17

玉久之希二上山耳那久鳥乃聲能己悲志支時者来尓介利（17・3987）
書◎佐佐木信綱
場所◎正法寺「越中万葉植物園」
交通◎加越能バス「若草町」徒歩5分。JR 氷見線「伏木」から徒歩20分

（大伴宿禰家持顕彰碑・書◎川口常孝）

1. 射水《いみず》郡

1

春能苑紅尓保布桃能花下照類道尓出天立津少女（19・4139）
書◎大江道正
場所◎光暁寺境内
交通◎加越能バス「伏木錦町」徒歩5分。JR氷見線「伏木」から徒歩10分

2

春の園紅匂う桃の花下照る道ニ出で立つ乙女（19・4139）
書◎小澤翠香
場所◎伏木小学校校庭

3

も能ゝふのやそをとめら可く三万かふ寺井の上のかたかこの花（19・4143）
書◎米田瑞穂
場所◎伏木小学校校庭
交通◎加越能バス「伏木一の宮」徒歩6分。JR氷見線「伏木」から徒歩10分

4

朝床に聞けば遥けし射水川朝漕ぎしつつ唱ふ船人（19・4150）
書◎鶴木大壽
場所◎加越能バス「伏木駅前」、JR氷見線「伏木」からすぐ

5

物部乃八十嬨嬬等之挹乱寺井之於乃堅香子之花（19・4143）
書◎犬養孝
場所◎勝興寺右側後方

6

雲美由可者美川久可波祢也末遊可波久斜武春閑者祢……（18・4094）
書◎禅野天涯
場所◎勝興寺鼓堂横
交通◎加越能バス「伏木駅前」、JR氷見線「伏木」から徒歩5分

7

安之比奇能夜麻能許奴礼能……（18・4136）
書◎上原欣堂
場所◎勝興寺本堂左横（「越中国庁址碑」裏面）

8

秋の田の穂向見がてりわが背子がふさ手折り来るをみなへしかも（17・3943）
場所◎気多神社入口交差点東北角

9

奈呉の海に舟しまし貸せ沖に出でて波立ち来やと見て帰り来む（18・4032）
場所◎伏木一の宮バス停奥

1 **朝床に聞けば遥けし射水川朝漕ぎしつつ歌ふ船人**（19・4150）
書◎中田睦子
場所◎能町小学校前庭
交通◎ JR 氷見線「能町」から徒歩 5 分

JR 能町駅

能町小学校

4. 高岡市能町《のうまち》

伏木
能町
JR 氷見線
越中中川
能町
能町南 3 丁目
1
能町小
能町南 2 丁目
スーパー
江尻
8
高新大橋
下田
野村
200m

1 石瀬野に秋萩しのぎ馬並めて初鳥狩だにせずや別れむ
（19・4249）
書◎野守翠峰
場所◎高岡向陵高校中庭
交通◎加越能バス「向陵高校前」

大伴家持像

2 石瀬野に秋萩凌ぎ馬並めて初鳥狩だにせずや別れむ
（19・4249）
書◎綿貫民輔
場所◎高岡いわせの郵便局前
交通◎加越能バス「美原町」徒歩２分

美原町バス停

5. 高岡市石瀬《いしぜ》

下田
下石瀬東
野村第五
2
高岡いわせの
郵便局
「美原町」
バス停
「下石瀬」
バス停
野村
「向陵高校前」バス停
高岡向陵高
1
大伴家持像
三女子（西）

中田中学校前バス停

中田中学校・郷里の泉（アシツキ）

1 雄神川紅にほふ少女らし葦附採ると瀬に立たすらし
（17・4021）
書◎中村嶺煌
場所◎中田小学校前
交通◎加越能バス「常国西」徒歩 10 分

6. 高岡市中田《なかた》

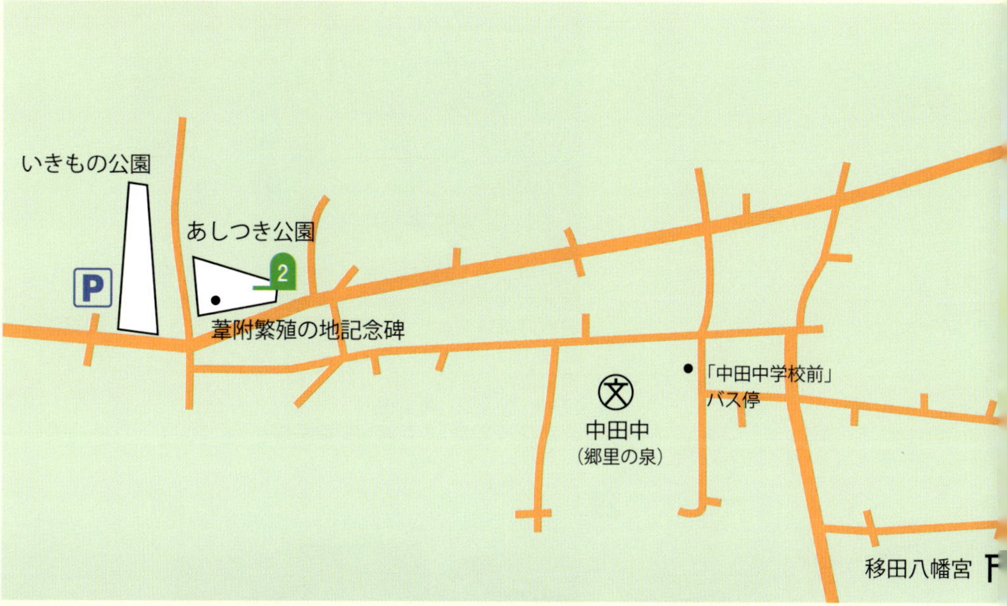

2 **雄神河久礼なゐ尓ほふ少女等し葦附と流と瀬尓立たす良之**
（17・4021）
書◎佐佐木信綱
場所◎あしつき公園
交通◎加越能バス「中田中学校前」徒歩 5 分

葦附繁殖の地記念碑

あしつき公園内の水路

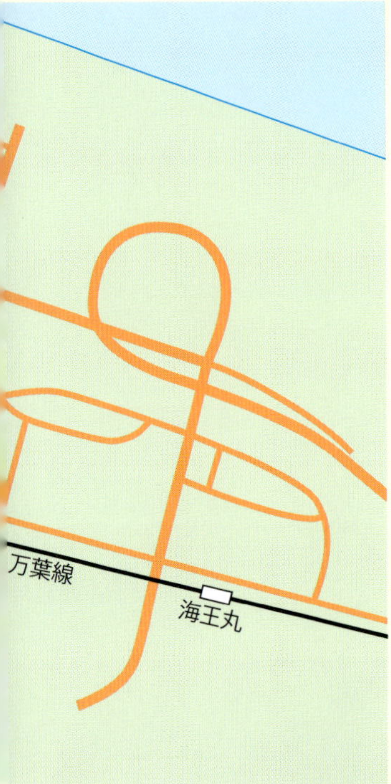

1

安由乃風以多久吹久良志奈呉能海人農釣春流小舟己機隠留見遊（17・4017）
書◎佐佐木信綱
場所◎放生津八幡宮境内
交通◎万葉線「東新湊」徒歩１０分

2

荒屋神社

荒屋神社境内
早稲の香句碑

大楽寺

大楽寺そばの内川の夕景（神楽橋）

7. 放生《ほうじょう》津《づ》周辺

4

みなと風寒く吹くらし奈呉の江に夫婦呼びかわし鶴さはに鳴く（17・4018）
書◎浜谷芳仙
場所◎新湊小学校前
交通◎万葉線「新町口」徒歩5分

新町口駅

3

水門風寒くふくらし奈呉の江に妻呼び交し鶴さはになく（17・4018）
書◎小澤翠香
場所◎大楽寺境内
交通◎きときとバス「新湊信用金庫前」徒歩5分。万葉線「新町口」徒歩10分

8. 越中大門《だいもん》駅周辺

1

三島野に霞たなびきしかすがに昨日も今日も雪はふりつつ（18・4079）
書◎中川　敬
場所◎大門中学校校庭
交通◎きときとバス「大門中学校」。あいの風とやま鉄道「越中大門」から徒歩 10 分

越中大門駅

射水市考古資料展示室

9. 布目沢周辺

1

美之麻野爾可須美多奈妣伎之可須我爾伎乃
敷毛家布毛由伎波敷理都追（18・4079）
書◎入江為守
場所◎藤巻神明宮境内
交通◎きときとバス「堀内南」徒歩５分

藤巻神明宮境内

布目澤神社

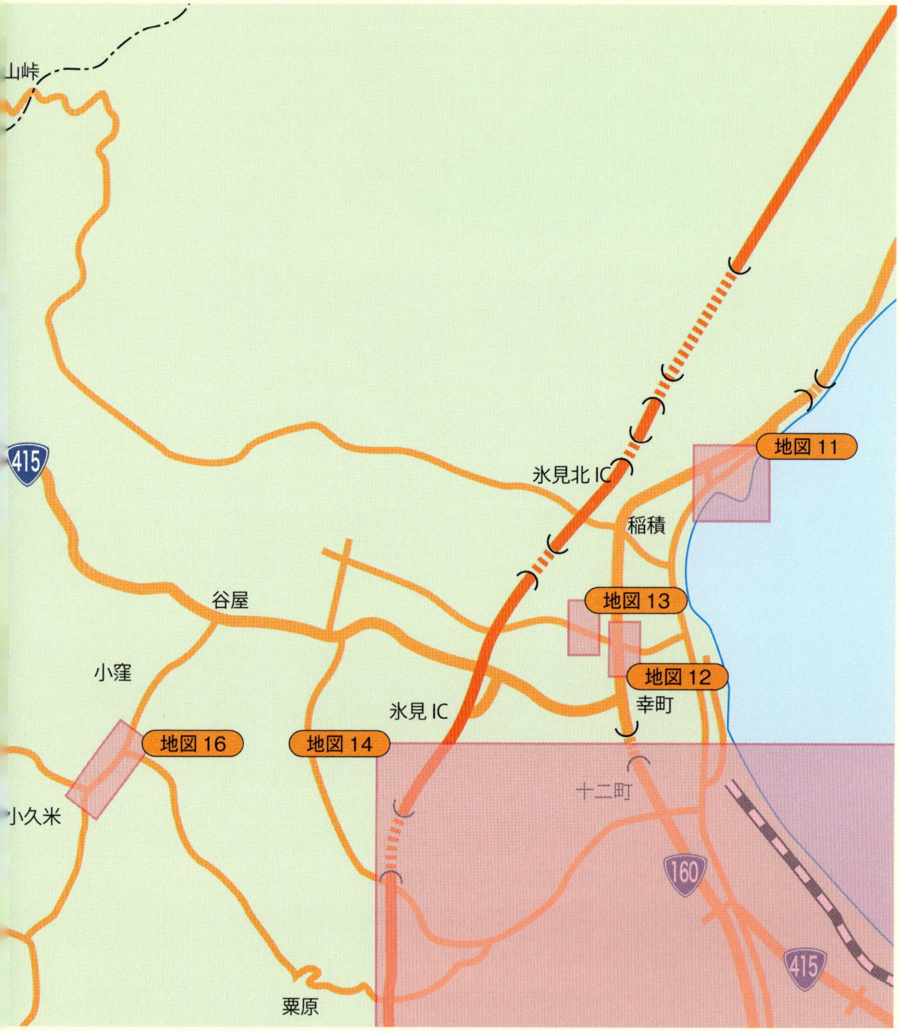

2 明日よりは継ぎて聞こえむほととぎす
一夜のからに恋ひ渡るかも
（18・4069）

3 （大伴家持伝承歌）

4 （折口信夫歌碑）

5 6 之乎路から直越えくれば羽咋の
海朝凪したり船梶もがも
（17・4025）

10. 氷見《ひみ》から羽咋《はくい》

1

志乎路加良直越来者羽咋之海朝凪之多里船
楫毛加毛（17・4025）
書◎松村謙三
場所◎臼が峰山頂
（この歌碑の右に万葉集 1 番歌の碑がある）

11. 阿《あ》尾《お》城周辺

1

英遠の浦に寄する白波いや増しに
立ちしき寄せく東風をいたみかも
（18・4093）
書◎茶谷一男
場所◎榊葉乎布神社参道入口
交通◎加越能バス「阿尾」徒歩５分

12. 上庄川《かみしょうがわ》左岸排水機場周辺

上庄川左岸排水機場

流慶橋

1

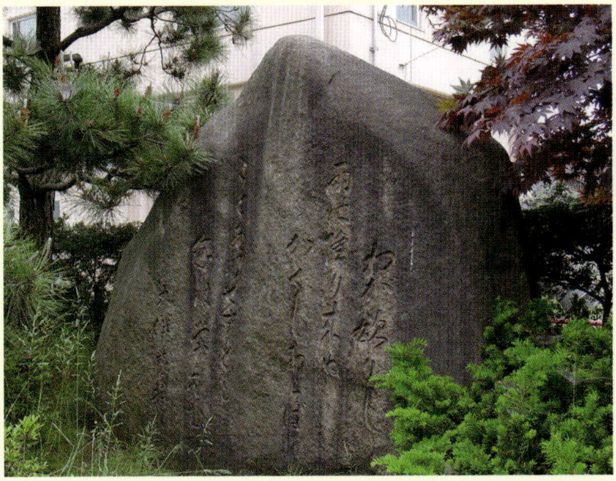

わが欲りし雨は降り来ぬかくしあらばことあげせずとも年は栄えむ
（18・4124）
書◎茶谷一男
場所◎上庄川排水機場
交通◎加越能バス「加納」徒歩 10 分

1

玉梓の道に出て立ち往く吾は君可事跡を負ひてし行かむ（19・4251）
書◎吉川正文
場所◎加納八幡神社境内
交通◎加越能バス「加納神社前」徒歩 5 分

加納神社境内

13. 加納八幡神社周辺

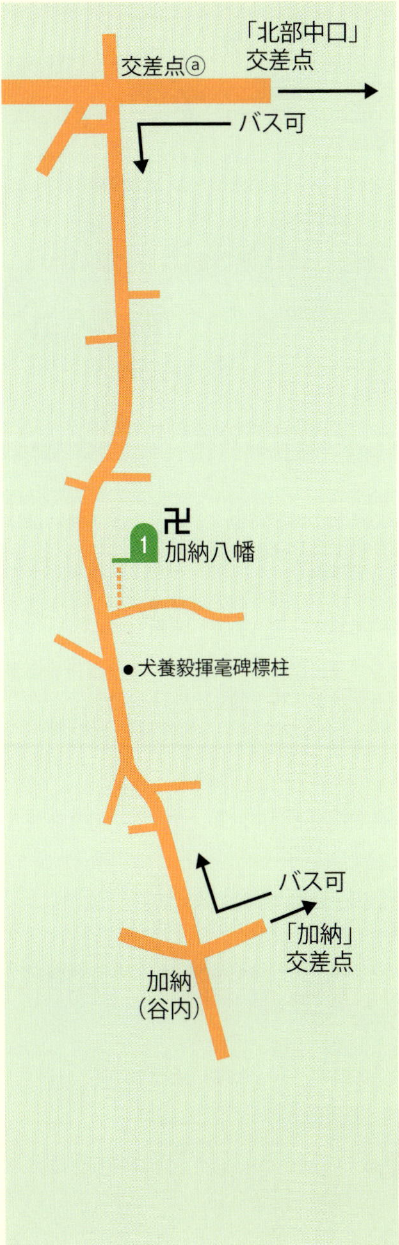

加納神社標柱

犬養毅　揮毫

交差点ⓐ（信号が無いので注意）

1
渋谿を指して我がゆくこの濱に月夜飽きてむ馬しまし停め（19・4206）
書◎村田豊二
場所◎高岡市立太田小学校校門脇
交通◎加越能バス「太田小学校前」、JR 氷見線「雨晴」徒歩 20 分

2

多胡の崎木の暗茂にほととぎす来鳴き響めばはだこひめやも（18・4051）
書◎山崎平樹
場所◎ヴィラージュ泉の杜公園
交通◎加越能バス「上泉」徒歩 10 分

3
多胡乃佐伎許能久礼之氣爾霍公鳥伎奈伎等余米婆波太古非米夜母（18・4051）
書◎関　成若
場所◎国泰寺入口四つ辻角
交通◎加越能バス「国泰寺前」すぐ

4
藤奈美能影成海之底清美之都久石乎毛珠等曽吾見流（19・4199）
書◎本居豊穎
場所◎田子浦藤波神社本殿後方
交通◎加越能バス「下田子」徒歩 10 分

5
明日の日の布勢の浦みの藤波にけだし来鳴かず散らしてむかも（18・4043）
書◎茶谷一男
場所◎御影社右横
交通◎加越能バス「布施」徒歩 10 分

県内最古の万葉故地碑（1802 年建立）

14. 布勢水海旧跡

氷見
地図 15
十二町潟水郷公園
窪小学校
十二町小学校
日ノ宮神社
柳田布尾山古墳
5
2
円山
布施
4
田子浦藤波神社
湖南小学校
3
多胡神社
160

稲荷社付近（この左手の山肌に往古水際だった名残がある）

十二町潟水郷公園入り口

3

万葉布勢水海之跡
書◎犬養　孝
場所◎十二町潟水郷公園
交通◎加越能バス「矢崎」徒歩 10 分

4

布勢能海の沖つ白波在り通ひいや毎年尓見つ、偲ばむ（17・3992）
書◎吉川正紀
場所◎日宮神社境内
交通◎加越能バス「矢崎」徒歩 20 分

日宮神社参道入口

5

念どち丈夫の木能暗乃繁き思を見明らめ……（19・4187 前半）
書◎吉川正紀
場所◎湖光神社境内
交通◎加越能バス「島崎」徒歩 5 分

15. 十二町潟水郷公園周辺

1 布勢の海の沖つ白波あり通ひいや年のはに見つつしのはむ（17・3992）

2

保等登芸須布勢の浦み能藤浪に蓋し来鳴かず散らしてむ可も（18・4043）
書◎吉川正紀
場所◎稲荷社境内
交通◎加越能バス「矢崎」徒歩 10 分

（この木柱を目印にして左の路地に入る）

長歌　大君の　遠の朝廷と（18・4113）
書◎中西　進
場所◎臼が峰往来入口
交通◎加越能バス「小久米」徒歩 15 分

歌碑付近風景

小窪廃寺礎石
場所◎久米神社境内
交通◎加越能バス「小久米」徒歩 5 分

久米神社入口

小窪公民館

駐在所

16. 速川公民館周辺

小窪廃寺説明板

2. 礪波《となみ》郡

砺波《となみ》市・小矢部《おやべ》市・南砺《なんと》市・高岡市

2. 礪波郡《となみ》

現在の富山県西部、砺波《となみ》市・小矢部《おやべ》市・南砺《なんと》市と高岡市の南半分の範囲とされるが、《越中万葉》に残されている歌は少ない。礪波郡で詠んだと明確に記されている歌は、つぎの二首である。

礪波郡《となみのこほり》の雄神河《をかみがは》の辺《へ》にして作る歌一首

雄神河《をかみがは》　紅《くれなゐ》にほふ　娘子《をとめ》らし　葦附《あしつき》取《と》ると　瀬《せ》に立《た》たすらし

（大伴家持　巻十七・四〇二一）

【現代語訳　雄神《おかみ》河が一面に赤く照り映えている。あでやかな少女たちが葦附を採るために瀬に立っているらしい。】

墾田地《こんでんち》を検察《けんさつ》する事に縁《よ》りて、礪波《となみ》郡の主帳《しゆちやう》多治比部北里《たぢひべのきたさと》の家《いへ》に宿《やど》る。

ここにたちまちに風雨起こり、辞去すること得ずして作る歌一首

夜夫奈美《やぶなみ》の　里《さと》に宿借《やどか》り　春雨《はるさめ》に　隠《こも》りつつむと　妹《いも》に告《つ》げつや

（大伴家持　巻十八・四一三八）

【現代語訳　夜夫奈美の里で宿を借り、春雨に降りこめられていると、いとしい人に告げてやったか。】

最初の歌に詠まれた「雄神河」とは現在の庄川《しょうがわ》の中上流のことで、「葦附」という庄川特有の川藻が歌われている。続く歌の「夜夫奈美の里」も、東大寺開田図のひとつ「礪波郡石粟《いしあわ》村官施《かんせ》入田《にゅうでん》地図」から、高岡市南部から砺波市にかけての地と考えられている。

これ以外にも礪波郡に関わる地名として、大伴池主が上京するときに家持が詠んだ歌（巻十七・四〇〇八）と越前に転出した池主に贈った家持の歌（巻十九・四一七七）に見える「礪波山」がある。現在の石川県との県境にもあたる倶利伽《くりか》羅《ら》峠付近のこととされ、隣国越前との国境であったため、上京時に越中を離れる地として、もしくは越前との距離感を示す地として歌われたのであろう。この「礪波山」の麓には関所があったようで、

天平感宝《てんぴやうかんぽう》元年五月五日に、東大寺の占墾地《せんこんぢ》使《し》の僧平栄《へいえい》等《ら》を饗《あへ》す。

ここに守《かみ》大伴《おほとも》宿禰《すくね》家持《やかもち》、酒を僧に送る歌一首

焼太刀《やきたち》を　礪波《となみ》の関《せき》に　明日《あす》よりは　守部《もりへ》遣《や》り添《そ》へ　君《きみ》を留《とど》めむ

（大伴家持　巻十八・四〇八五）

【現代語訳　（やきたちを）礪波の関に、明日からは番人をもっと増やして、あなたを引き留めよう。】

という歌が残されている。

「葦附」という越中特有の景物も歌われているが、礪波郡と言えば、《越中万葉》においては都へ向かう時の越中最後の地、ここからは隣国越前という場所として歌われているようである。

（新谷秀夫）

【古代礪波郡関連史料】

○史跡

桜町遺跡（小矢部市桜町）

【平安時代の集落と古代道路跡。「長岡」墨書土器】

高瀬遺跡公園（南砺市高瀬七三六）

【平安時代前期の荘園関連遺跡】

○飛鳥京跡苑池遺構出土木簡

・高志国利浪評

・ツ非野五十戸造鳥

○平城宮跡出土木簡

・越中国利波郡川上里鮒雑

・腊一斗五升　和銅三年正月十四日

○平城京跡出土木簡

・利波郡大野里

○東大寺領荘園絵図

天平宝字三年（七五九）「越中国礪波郡石粟村官施入田地図」（奈良国立博物館）

「越中国礪波郡伊加流伎開田地図」（正倉院宝物）

神護景雲元年（七六七）「越中国礪波郡井山村墾田地図」（正倉院宝物）
「越中国礪波郡伊加留岐村墾田地図」（正倉院宝物）
「越中国礪波郡杵名蛭村墾田地図」（正倉院宝物）
神護景雲元年（推定）「越中国礪波郡石粟村官施入田地図」（天理大学附属天理図書館）

○『和名類聚抄』
郡名「止奈美」
管郷　川上・八田・川合・拝師・長岡・大岡・高楊・陽知・三野・意悲・大野・小野

○『延喜式』神名帳
高瀬神社・長岡神社・林神社・荊波神社・比売神社・雄神神社・浅井神社

【関連展示施設】

□桜町 JOMON パーク（小矢部市桜町字中出一七一六―一）
□小矢部ふるさと歴史館（小矢部市埴生二一七四）
□高岡市福岡歴史民俗資料館（高岡市福岡町下向田字畦ケ谷内一五）
□南砺市埋蔵文化財センター（南砺市高瀬七三六）
□砺波市埋蔵文化財センターしるし（砺波市頼成五六六　庄東小学校敷地内）

高岡市福岡歴史民俗資料館

戸出
中田
地図 6
北陸自動車道
小杉 IC
高岡砺波スマート IC
359
359
井栗谷
地図 20

17. 小矢部市・砺波市・南砺市

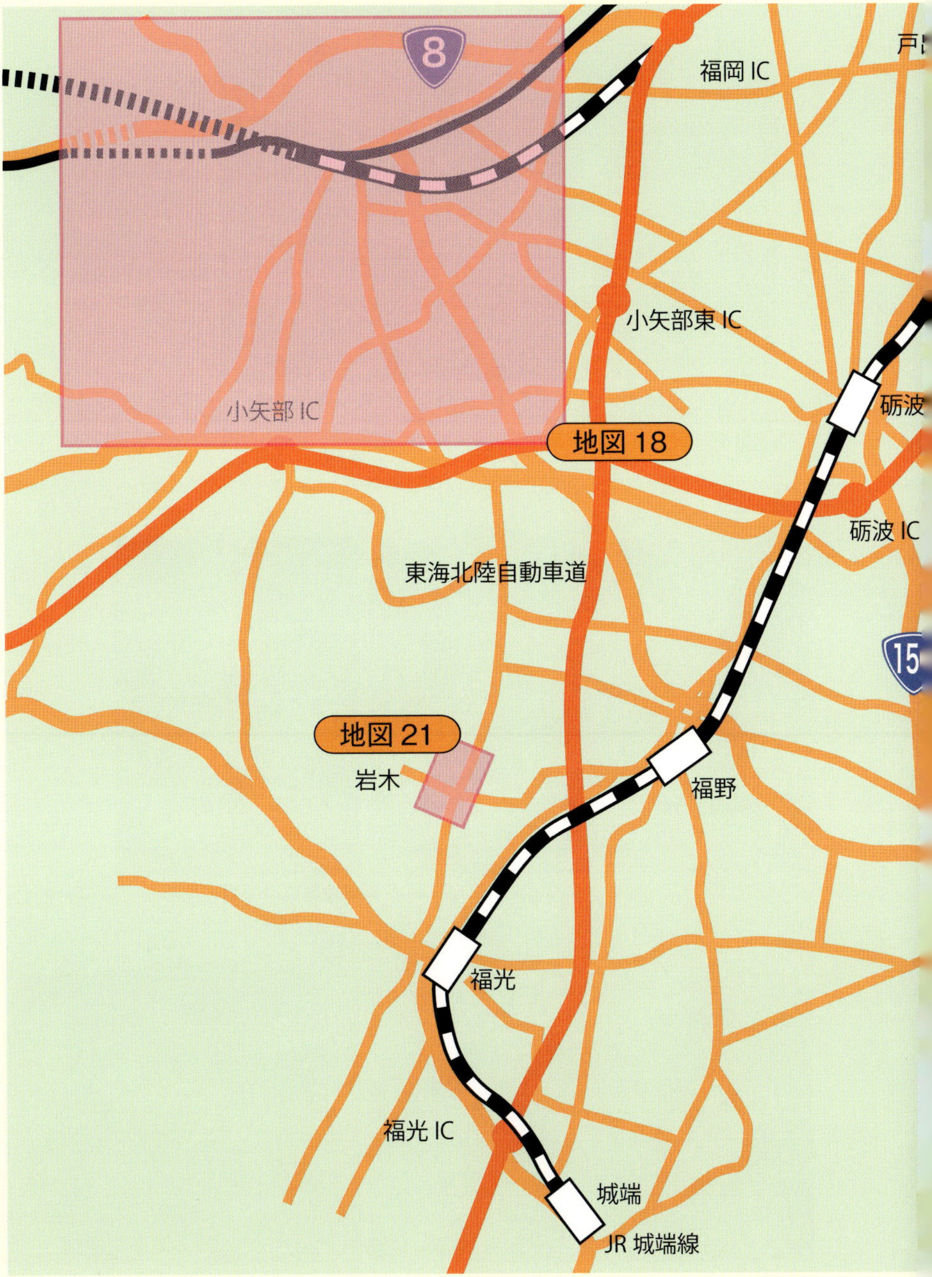

1

ここが目印

やきたちの礪波の関耳あすよりは守部やりそえ君を留めむ（18・4085）
書◎田中知一
場所◎地蔵堂そば

JOMON パーク

埴生護国八幡宮

若宮古墳

ふるさと歴史館

18. 小矢部市周辺

8
桜町遺跡
JOMON パーク
金沢
津幡
市役所
石動
埴生護国八幡宮
若宮古墳
ふるさと
歴史館
地図 19
砺波山
矢立山
1
「永寿荘」バス停
地蔵堂
小
矢
部
川
クロス
おやべ
北陸自動車道
小矢部 IC
金沢森本 IC

1

焼太刀を砺波の関に明日よりは守部やり添え君を留めむ
（18・4085）
書◎谷敷　寛
場所◎源平ライン沿い
交通◎小矢部市営バス「寿永荘口」徒歩 30 分

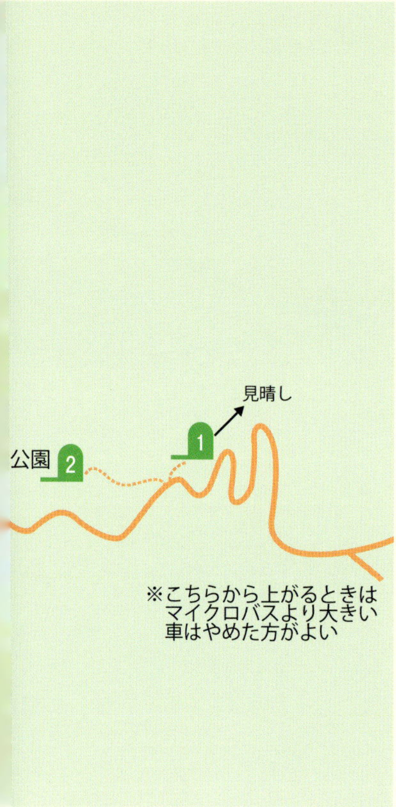
見晴し
1
公園
2
※こちらから上がるときは
マイクロバスより大きい
車はやめた方がよい

2

万葉公園上り口碑

4

長歌　あをによし奈良を来離れ
（17・4008）

玉桙の道の神たち賂はせむ我が思ふ
君をなつかしみせよ（17・4009）

うら恋しわが背の君はなでしこが花に
もがもな朝な朝な見む（17・4010）

倶利伽羅古戦場跡からのぞむ

倶利伽羅古戦場跡付近

19. 源平ライン

歌碑3付近

発掘された北陸道

3

長歌　わが背子と手携はりて
（19・4177）

ほととぎす夜鳴きをしつつわが背子を安眠な寝しめゆめ心あれ
（19・4179）

我れのみに聞けばさぶしもほととぎす丹生の山辺にい行き鳴かにも（19・4178）

梅谷神社

1

井栗谷バス停

いもが家にいくりの社の藤の花今こむ春も常かくし見む
（17・3952）
書◎安念　弘
場所◎梅谷神社
交通◎砺波市営バス「井栗谷」

20. 砺波市井栗谷周辺

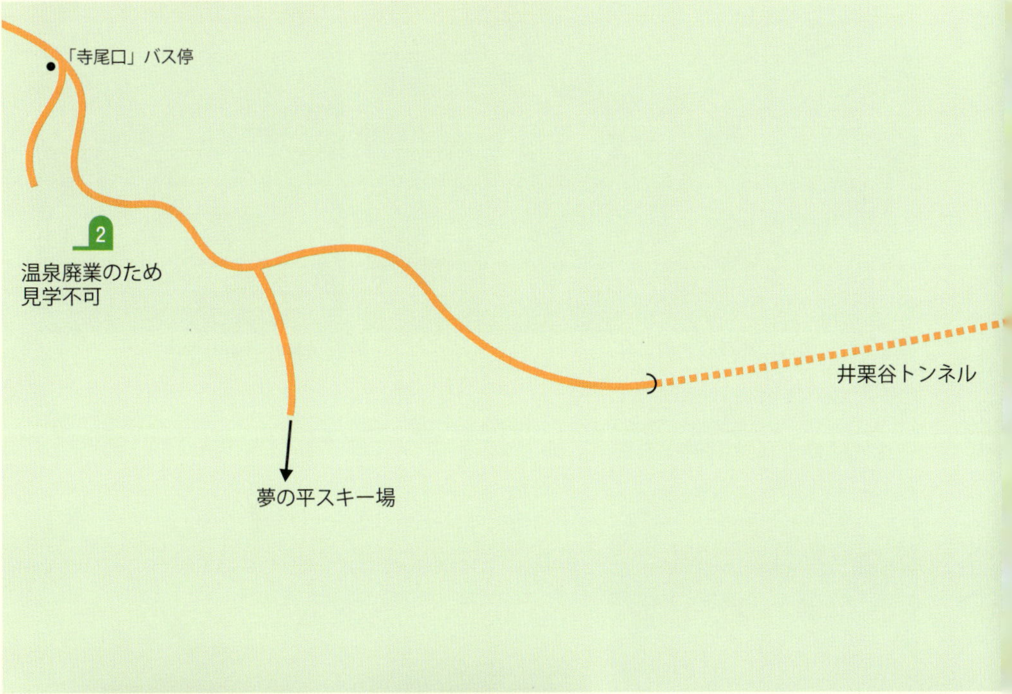

2

妹が家に伊久里能森之藤の花いま来む春も常かくし見む
（17・3952）
書◎永森文秀
場所◎寺尾温泉（廃業）
交通◎砺波市営バス「寺尾口」
※ 2015.3 月現在、廃業のため直接見ることはできない。

寺尾温泉（廃業）

寺尾口バス停

荊波神社（境内に記塚説明板あり）

荊波神社手前の標柱

岩木公民館前バス停

荊波神社からのぞむ

●越中寺家遺跡関係

皇孫塚
（奥に見える棒の下に心礎）

日吉社（入って左手に夫婦岩）

夫婦岩（礎石）

21. 南砺市岩木周辺

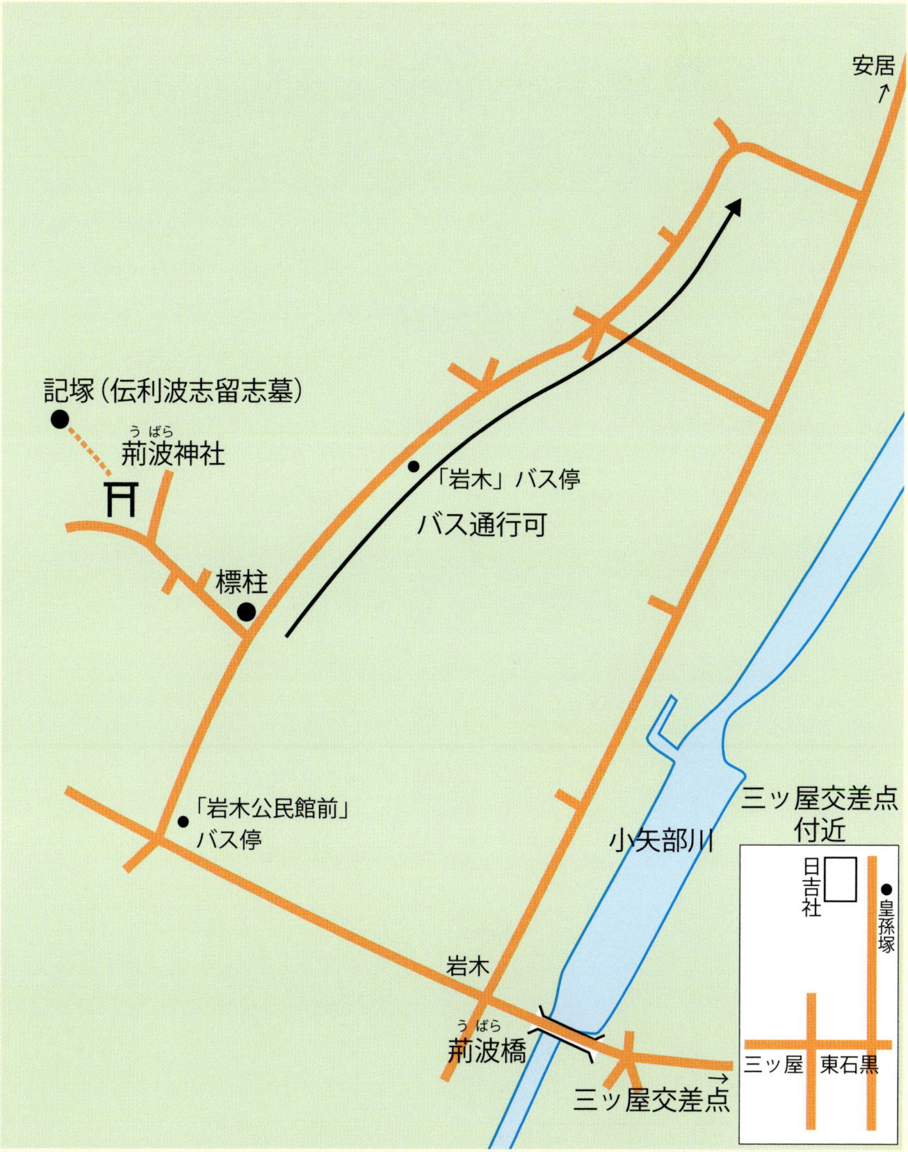
安居
記塚（伝利波志留志墓）
荊波《うばら》神社
標柱
「岩木」バス停
バス通行可
「岩木公民館前」
バス停
岩木
荊波《うばら》橋
小矢部川
三ッ屋交差点
三ッ屋交差点
付近
日吉社
皇孫塚
三ッ屋
東石黒

3. 婦《ね》負《い》郡

富山市

現在の富山市の西半分の範囲とされる。《越中万葉》のなかで、婦負郡で詠んだと明確に記されている歌は、

婦負郡《めひのこほり》の鸕坂河《うさかがは》の辺《へ》にして作る歌一首

鸕坂河《うさかがは》　渡《わた》る瀬《せ》多《おほ》み　この我《あ》が馬《ま》の　足掻《あが》きの水《みづ》に　衣《きぬ》濡《ぬ》れにけり

（大伴家持　巻十七・四〇二二）

【現代語訳　鸕坂河には渡る瀬がいくつも流れているので、このわたしの乗る馬の足がかきあげる水しぶきで、着物がすっかり濡れてしまった。】

鸕《う》を潜《かづ》くる人を見て作る歌一首

婦負河《めひがは》の　速《はや》き瀬《せ》ごとに　篝《かがり》さし　八十伴《やそとも》の男《を》は　鵜川立《うかはた》ちけり

（大伴家持　巻十七・四〇二三）

【現代語訳　婦負《めい》河の流れの速い瀬ごとに、かがり火をたいて、たくさんの官人たちが鵜飼を楽しんでいる。】

の二首だけだが、あと一首、婦負郡の「野」を詠んだ歌として、

婦負《めひ》の野《の》の　すすき押《お》しなべ　降《ふ》る雪《ゆき》に　宿借《やどか》る今日《けふ》し　悲《かな》しく思《おも》ほゆ

（高市黒人《たけちのくろひと》　巻十七・四〇一六）

【現代語訳　婦負《めい》の野のすすきを押し倒すばかりに降り積もる雪の中で宿を借りる今日は、ひとしお悲しく感じられる。】

が《越中万葉》に残されている。なお、越中で三国《みくにの》五百国《いおくに》という人物が黒人の歌として公表した歌であるが、黒人が越中に来たことは『万葉集』や同時代の他文献から確認できない。同時に、この歌に詠まれている「婦負の野」が具体的にどのあたりを指すのかも定かではない。

また、さきの家持歌に歌われているふたつの川、「鸕坂河」と「婦負河」についても、

・鸕坂河　↓　神通《じんづう》川とする説、井田《いだ》川（神通川の支流）とする説がある

・婦負河　↓　神通川とする説、常願寺《じょうがんじ》川とする説がある

というように、比定されている川が複数あって、いまだ確定されているわけではない。

ただ、新川郡の「延槻《はひつき》河」を含めて富山県東部を流れる川が、立山《たてやま》連峰を源とすることによって早春に雪解け水で増水するさまが歌われていることは重要である。大伴池主が片貝《かたかい》川について「落《お》ち激《たぎ》つ（ほとばしり流れる）」と歌って

いるが、じつは「延槻河」とされる早月《はやつき》川も、現在の富山市内を流れる神通川や常願寺川も、高い山々から急激に富山湾へと注いでいるために流れが速い。そのことを実体験した感嘆を家持はそれぞれの川で歌に詠んでいるのである。

（新谷秀夫）

【古代婦負郡関連史料】

○西隆寺跡出土木簡

・越中国婦負郡川合郷戸主□□

・□〔五カ〕日浪米五斗／天平神護三年

○『和名類聚抄』

郡名「禰比」

管郷　高野・小子・大山・萱田・曰理・川合・大桑・高島・岡本・余戸

○『延喜式』神名帳

姉倉比売神社・速星神社・白鳥神社・多久比礼志神社・熊野神社・杉原神社・鵜坂神社

【関連展示施設】

□富山県埋蔵文化財センター（富山市茶屋町二〇六―三）

□富山市埋蔵文化財センター（富山市愛宕町一―二―二四）

□富山市民俗民芸村考古資料館（富山市安養坊四七―二）

【万葉歌碑をめぐる・読書案内】

昭和56年から58年にかけて、**犬養孝監修・扇野聖史著『万葉の道』全4巻**が刊行され、万葉のふるさと「奈良」を訪ね歩くための**必需品**となりました。

昭和60年には**「ウォーク万葉」が創刊**され、万葉ゆかりの土地を実際に歩いた人々による貴重な情報が共有できるようになり、万葉歌碑を訪ねるために無くてはならないものとなりました。

一方、万葉歌碑の情報は、昭和57年に**本田義憲・田村泰秀著『万葉の碑』**が出版され、全国の万葉歌碑が紹介されました。全国の万葉歌碑情報は、田村氏の手によってその後**『万葉千六百碑』**、**『万葉千八百碑』**、**『万葉二千碑』**と精力的に収集され、公開されていきます。

万葉歌碑の所在地情報と、その周辺のウォークマップの整備によって、多くの人々が、全国の万葉歌碑を訪ねやすくなったのです。

そのような全国的な流れの中で、「越中万葉」に関わるものは、まず**昭和60年7月発行の「ウォーク万葉」3号**に「高岡」と「布勢水海」の投稿を見ます。翌年には、**高岡市・万葉のふるさとづくり委員会編集の『大伴家持と越中万葉の世界』**が出版されますが、そこに、越中万葉歌碑の詳しい情報と地図が掲載されています。

越中万葉に関わる「ウォーク万葉」への投稿は、**8・19・24・27・35・36・37・39・52・59**と続き、平成11年10月終巻の**60号**まで多くの記事を見ることができます。

平成2年には、高岡市万葉歴史館が開館したことを承けて、平成4年には、**高岡市万葉歴史館編『越中万葉歌碑めぐり』**が刊行され、それに合わせて万葉歴史館主催の「歌碑めぐり」も開催されるようになりました。その時に配布された資料は、いまも万葉歴史館の図書閲覧室で見ることができます。

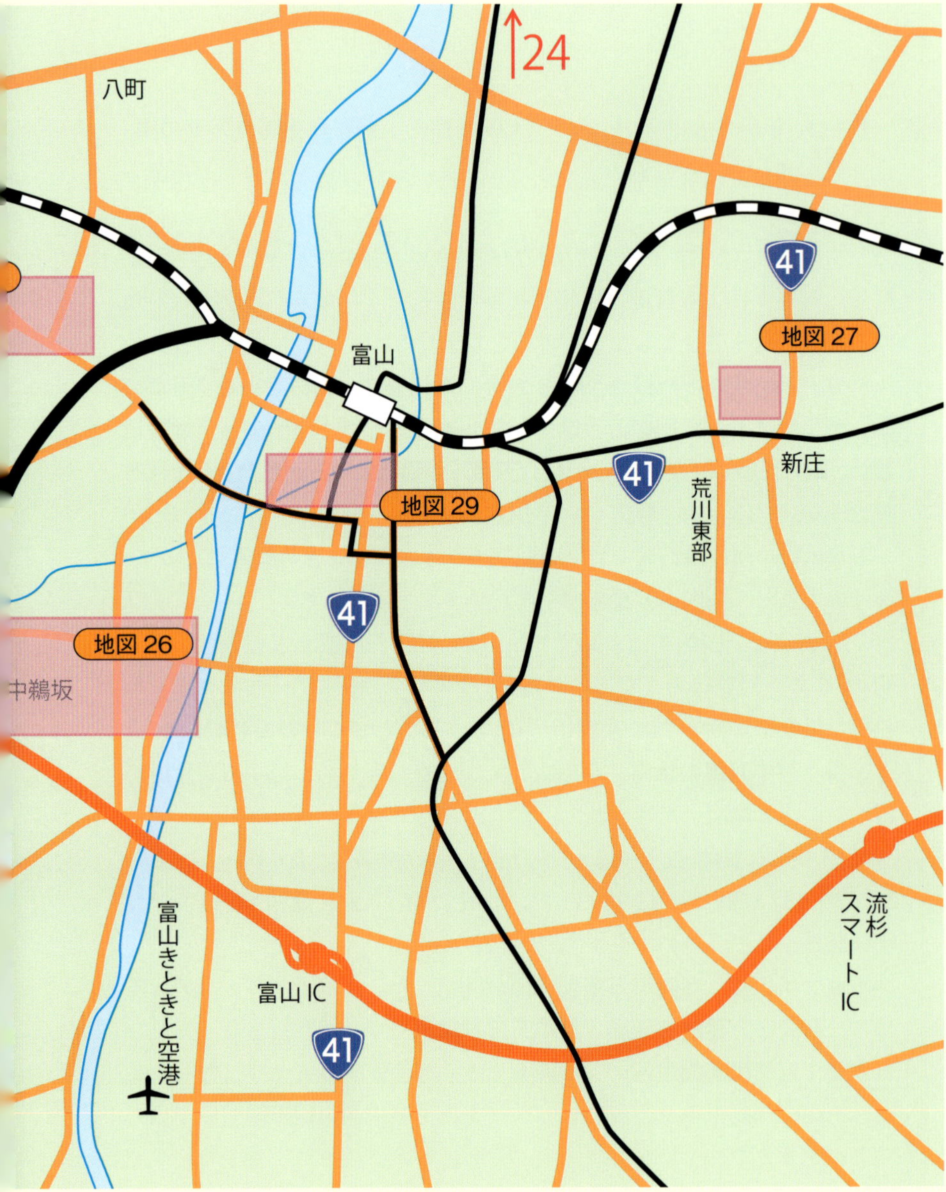

↑24
八町
富山
41
地図 27
新庄
41
荒川東部
地図 29
41
地図 26
鵜坂
流杉スマート IC
富山 IC
41
富山きときと空港

22. 富山駅周辺

小杉丸山遺跡

2

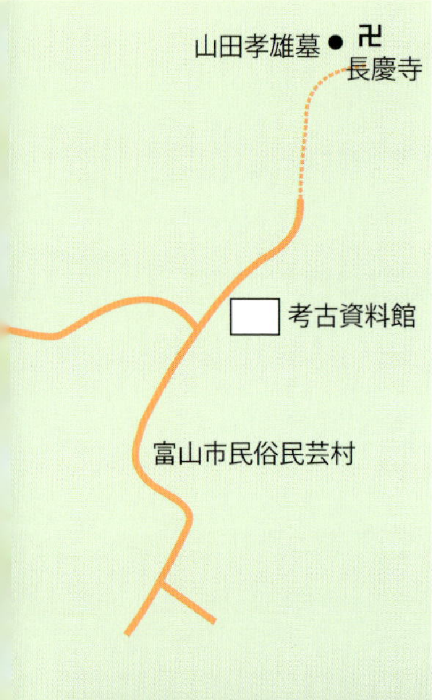

立山に降りおける雪を常夏に見れともあかす神からならし（17・4001）
書◎青柳石城
場所◎旧天文台登り口
交通◎富山地鉄バス「呉羽山老人センタ」徒歩 10 分

歌碑 2 への入り口看板

「富山歌塚」（右側面に 19・4139 歌あり）
場所◎旧天文台登り口
交通◎富山地鉄バス「呉羽山老人センタ」徒歩 10 分

歌碑 2 には上の看板の通り多くの像・歌碑がある。

歌碑 2 付近風景

23. 呉羽山《くれはやま》周辺

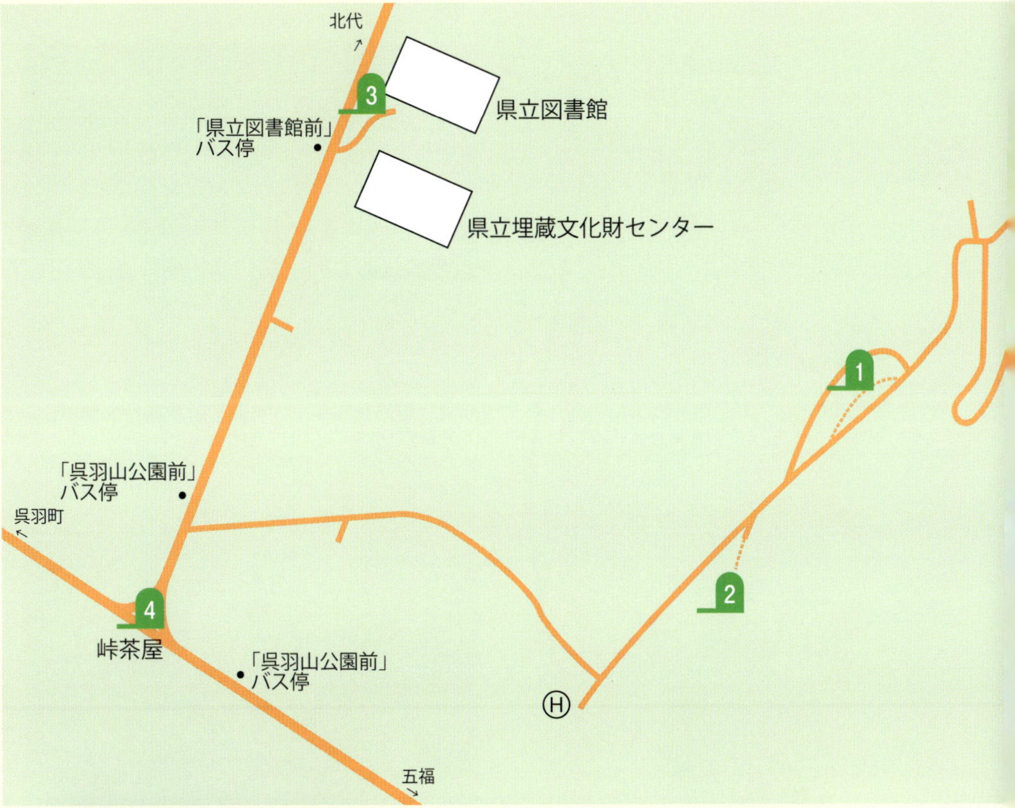

4

売比能野能須須伎於之奈倍布流由伎爾夜度加流家敷之可奈之久於毛保遊
（17・4016）
場所◎峠茶屋交差点
交通◎富山地鉄バス「呉羽山公園」徒歩３分。
あいの風とやま鉄道「呉羽」徒歩 30 分

1 **たたなはるやま青垣もかがよひて今あらた代の朝あけ来たる**（高崎正秀）

3 **志田義秀・中島正文句碑**

24. 富山市岩《いわ》瀬《せ》浜《はま》駅

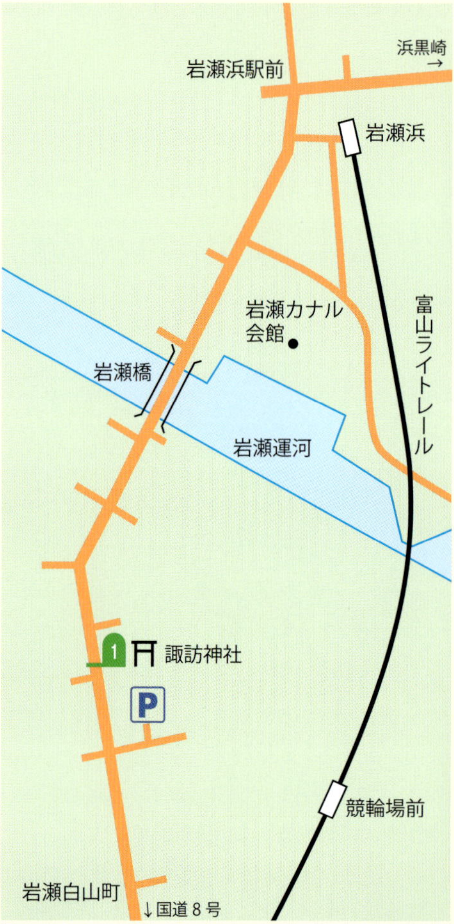

1

伊波世野爾秋萩芽子之努芸馬並始鷹狩太爾不為哉将別（19・4249）
書◎千種有功
場所◎諏訪神社入口
交通◎ポートラム「岩瀬浜」徒歩５分

諏訪神社

岩瀬橋

カナル会館と岩瀬運河

25. 富山市金《かな》屋《や》

歌碑 1 付近バス停「金屋」

金屋南遺跡

1

木曾義仲宿営記念碑の側面に 17・4016。
下に 17・4022

場所◎富山市金屋 1391　村澤清人氏の敷地内
交通◎富山地鉄バス「金屋」徒歩 5 分

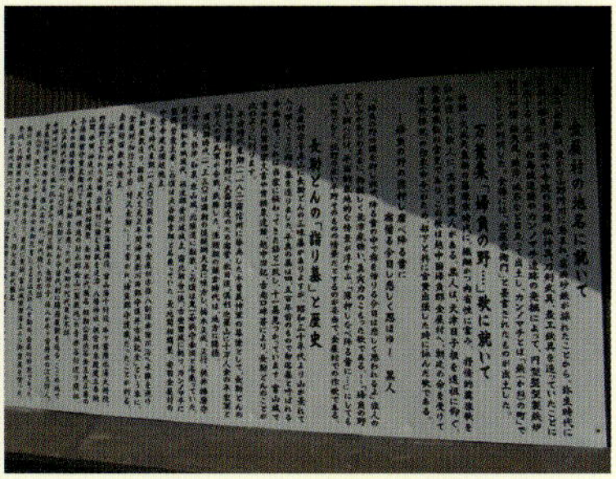
歌碑の由来書

1

宇佐可河泊和多流瀬於保美許乃安我馬乃安我枳乃美豆爾伎奴奴礼爾家里
（17・4022）
書◎中川壽伯
場所◎神通川堤防
交通◎富山地鉄バス「鵜坂」徒歩２分

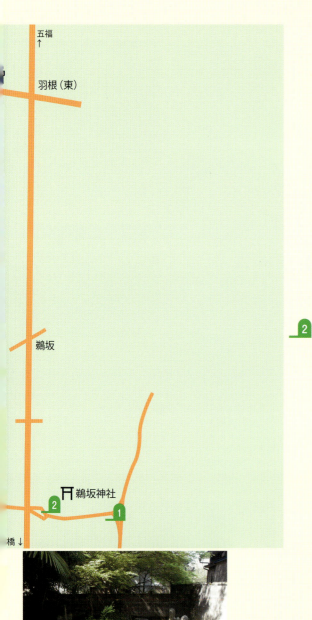

2

売比河の早き瀬ごとに篝さ志八十伴の男は鵜川立ちけり（17・4023）
書◎西田秀雄
場所◎鵜坂神社境内
交通◎富山地鉄バス「鵜坂」徒歩５分

鵜坂神社境内の
史跡　真言宗鵜坂山鵜坂寺跡

26. 婦中鵜坂駅周辺

3

四方に地元の伝承絵パネルがあり、その下に銅板の説明がある。
（17・4016、4022 など）
場所◎鵜坂公園内
交通◎ JR 高山本線「婦中鵜坂」駅徒歩 10 分

婦中鵜坂駅

27. 富山市新庄

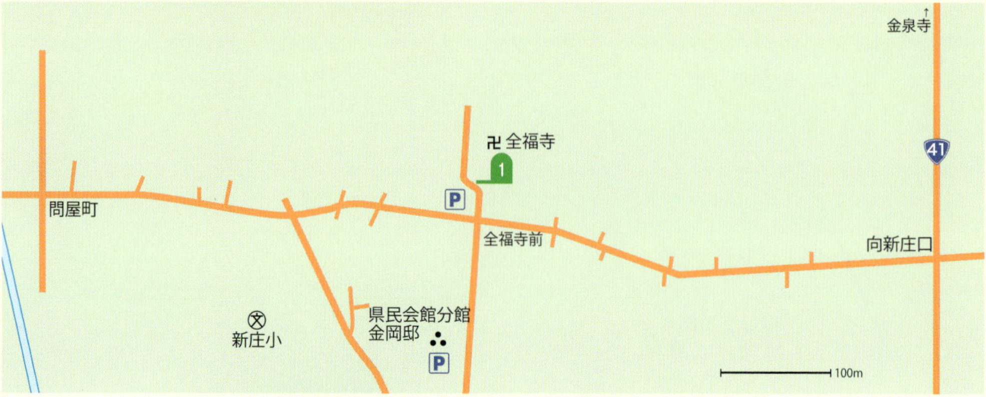

1

太刀山にふり於ける雪を常夏尓みれともあかす加ん可らならし
（17・4001）
場所◎全福寺境内
交通◎富山地鉄本線「東新庄」徒歩 10 分

全福寺

28. 富山市八尾

1

杉の野にさ踊る雉いちしろくねにしもなかむ隠妻かも

（19・4148）

書◎赤羽栄水

場所◎白山社境内

交通◎高山本線「越中八尾」徒歩 20 分

松川べり散策
越中万葉 歌碑&歌石板めぐり

松川（旧神通川）の由来

天正8年（1580）、神通川対岸の井田川が増水。神通川の濁流とともに富山城下町に押し寄せ、大きく曲流した。そして、現在の電気ビル地点にくると、いたち川ともみ合いながら北へと流路を変えた。

このとき入国した佐々成政《さっさなりまさ》は、曲流した場所（芝園中学校裏）に巨岩を積み重ねた石垣堤防を造るなど、神通川の治水事業にあたったという。この神通川は、昭和10年（1935）に富岩《ふがん》運河の掘削土砂によって埋め立てられ、一帯は富山県庁をはじめとする官庁街に生まれ変わった。

松川は、この神通川の名残りで、馳越線《はせこしせん》工事により神通川から分離した時に両岸にはたくさんの松の木が植えられていた。松川はその松の木にちなんで名付けられた。その後、昭和25年に333本の桜が植えられて、今では桜の名所として知られ、七橋めぐりなどが楽しめる。

神通川船橋

古写真「越中国富山神通川舟橋」　富山市郷土博物館蔵

初代歌川広重「六十余州名所図会」より「越中 富山船橋」　高志の国文学館蔵

江戸時代から明治15年（1882）に木橋がかかるまで、64艘の舟を浮かべ、その上に5枚（後に7枚）の板（1.5mの幅）をしいて、浮橋にした。舟は鎖につながれていた。

越中万葉の歌碑と歌石板

歌碑（揮毫・青柳志郎）

a 立山（巻 17−4001）	b 春の苑（巻 19−4139）	c 東風（巻 17−4017）

歌石板

1 ほよ（やどりぎ）	2 つまま	3 山吹
4 山橘	5 雄神川	6 ほととぎす
7 橘	8 なでしこ	9 すもも
10 射水川	11 ほおの葉	12 秋萩
13 長浜の浦の月	14 藤波	15 かたかご

凡例

卍 観音像・地蔵尊	案内板	⛩ 神社
石碑・銅像	バス停	トイレ

協力▼（公財）富山県文化振興財団

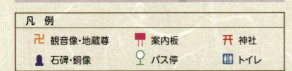

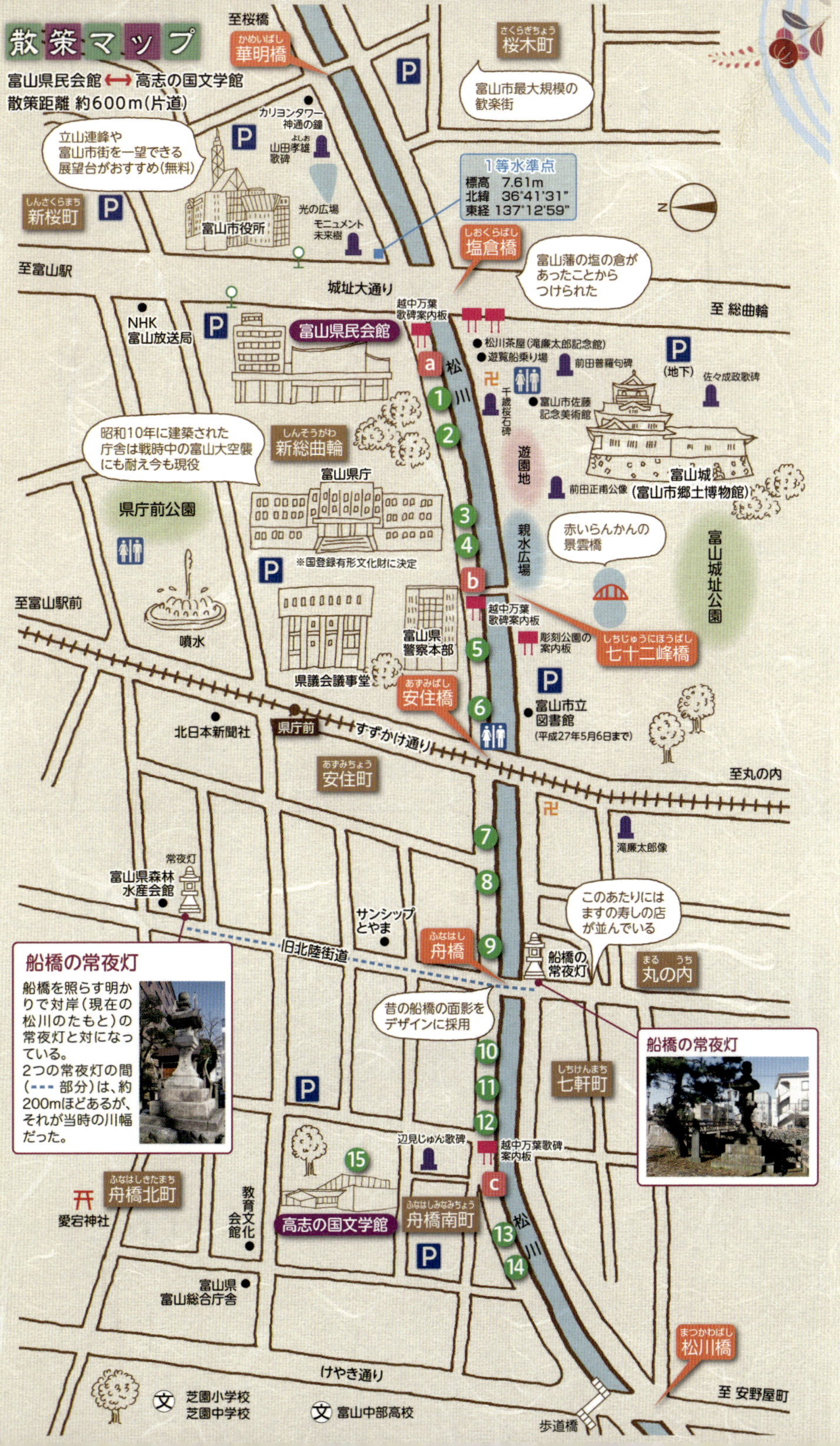
散策マップ
富山県民会館⟷高志の国文学館
散策距離 約600m(片道)
至桜橋
華明橋《かめいばし》
桜木町《さくらぎちょう》
富山市最大規模の
歓楽街
立山連峰や
富山市街を一望できる
展望台がおすすめ(無料)
カリヨンタワー
神通の鐘
山田孝雄《よしお》
歌碑
新桜町《しんさくらまち》
富山市役所
光の広場
モニュメント
未来樹
1等水準点
標高 7.61m
北緯 36°41′31″
東経 137°12′59″
塩倉橋《しおくらばし》
富山藩の塩の倉が
あったことから
つけられた
至富山駅
城址大通り
至 総曲輪
越中万葉
歌碑案内板
NHK
富山放送局
富山県民会館
松川
松川茶屋(滝廉太郎記念館)
遊覧船乗り場
前田普羅句碑
(地下)
佐々成政歌碑
千歳桜石碑
富山市佐藤
記念美術館
昭和10年に建築された
庁舎は戦時中の富山大空襲
にも耐え今も現役
新総曲輪《しんそうがわ》
富山県庁
遊園地
富山城
(富山市郷土博物館)
前田正甫公像
県庁前公園
※国登録有形文化財に決定
親水広場
赤いらんかんの
景雲橋
富山城址公園
至富山駅前
越中万葉
歌碑案内板
彫刻公園の
案内板
七十二峰橋《しちじゅうにほうばし》
噴水
富山県
警察本部
県議会議事堂
安住橋《あずみばし》
富山市立
図書館
(平成27年5月6日まで)
北日本新聞社
県庁前
すずかけ通り
安住町《あずみちょう》
至丸の内
滝廉太郎像
常夜灯
富山県森林
水産会館
サンシップ
とやま
このあたりには
ますの寿しの店
が並んでいる
舟橋《ふなはし》
旧北陸街道
船橋の
常夜灯
丸《まる》の内《うち》
昔の船橋の面影を
デザインに採用
船橋の常夜灯
船橋を照らす明かりで対岸(現在の松川のたもと)の常夜灯と対になっている。
2つの常夜灯の間(--- 部分)は、約200mほどあるが、それが当時の川幅だった。
船橋の常夜灯
七軒町《しちけんまち》
辺見じゅん歌碑
越中万葉歌碑
案内板
舟橋北町《ふなはしきたまち》
愛宕神社
教育文化会館
高志の国文学館
舟橋南町《ふなはしみなみちょう》
富山県
富山総合庁舎
松川橋《まつかわばし》
けやき通り
至 安野屋町
芝園小学校
芝園中学校
富山中部高校
歩道橋

歌碑

a 立山《たちやま》に　降《ふ》り置《お》ける雪《ゆき》を　常夏《とこなつ》に　見《み》れども飽《あ》かず　神《かむ》からならし

作者 大伴家持　(巻17−4001)

大意 立山に降り積った雪を夏中見ていても飽きない。神山の名にそむかないことよ。

解説 天平19年(747)4月27日(太陽暦6月13日)、「立山(たちやま)の賦(ふ)」(長歌)にあわせて作られた短歌2首のうちの1首。

富山県中新川郡の東南に連なる立山連峰は、古くは「たちやま」と呼ばれていた。家持は「立山の賦」で、鄙に名高い、神聖な山として賛美した。当歌では、立山は神の山なので、降り置いた雪を夏じゅうずっと見つづけていても飽きない、とうたう。

b 春《はる》の苑《その》　紅《くれない》にほふ　桃《もも》の花《はな》　下照《したで》る道《みち》に　出《い》で立《た》つ娘子《おとめ》

作者 大伴家持　(巻19−4139)

大意 春の苑に紅がてりはえる。桃の花の輝く下の道に、立ち現われる少女。

解説 天平勝宝2年 (750) 3月1日 (太陽暦4月15日) の春の夕べに作られた歌2首のうちの1首。邸宅の庭の桃と李(すもも)の花を眺めて作った歌だが、実際の風景を見てよんだというよりは、漢詩的なモチーフを和歌に翻訳したのであろう。

桃の花の下に立つ華麗な乙女の姿は、ペルシャからシルクロードを経て中国、日本へと伝わった「樹下美人図」を彷彿(ほうふつ)させるものがある。

c 東風《あゆのかぜ》　いたく吹《ふ》くらし　奈呉《なご》の海人《あま》の　釣《つり》する小舟《おぶね》　漕《こ》ぎ隠《かく》る見《み》ゆ

作者 大伴家持　(巻17−4017)

大意 東の風が強く吹くらしい。奈呉の海で海人が釣りをしている小舟の、波に漕ぎ隠れるのが見える。

解説 天平20年 (748) 正月29日 (太陽暦3月7日) に作られた歌。「東風」は、春先から夏にかけて、海上から陸地に向かって吹いてくる強い海風。歌には「越(こし)の方言で東風をあゆのかぜという」と注がつけられている。家持にとって、越の国の風土は新鮮なものだったようで、土地の方言を歌に取り入れている。

「奈呉」は富山県射水市の北西部 (旧新湊市) 、放生津町付近一帯の海をいう。

歌石板

❶ あしひきの　山《やま》の木末《こぬれ》の　寄生《ほよ》取《と》りて　かざしつらくは　千《ち》年《とせ》寿《ほ》くとぞ

作者 大伴家持　（巻18−4136）

大意 あしひきの山の梢の寄生木《やどりぎ》をとって髪に挿《さ》すのは、千年の寿を祈ってのことよ。

解説 天平勝宝2年（750）の正月2日（太陽暦2月16日）に、越中国の国庁（役所）で、国守である家持が諸郡の郡司たちに饗応した宴会での歌。

寄生(ほよ)はヤドリギのことで、ケヤキ、ブナなどの落葉樹に寄生する常緑低木。冬枯れの木々のなかで鮮やかな緑色を保つヤドリギに、古代人は永遠の生命と呪力を感じたのであろう。正月の宴席にふさわしい賀の歌である。万葉集でホヨをよんだ例は当歌のみ。

❷ 礒《いそ》の上《うえ》の　都万麻《つまま》を見《み》れば　根《ね》を延《は》へて　年深《としふか》からし　神《かむ》さびにけり

作者 大伴家持　（巻19−4159）

大意 礒の上のつままを見ると逞しく根を張っていて、何年もたっているらしい。神々しいことだ。

解説 天平勝宝2年（750）3月9日（太陽暦4月23日）の歌。渋谿(しぶたに)の崎（現高岡市渋谷）のあたりで巌の上にある木を見てよんだ歌といい、「樹の名はつまま」との注が付けられている。

ツママは常緑高木のタブノキとされ、暖地の海岸地域に多く、たくましい生命力を感じさせる木である。永遠の時間を生きているかのようなツママの木の神々しさへの感動がうたわれている。万葉集でツママをよんだ例は当歌のみ。

❸ 山吹《やまぶき》を　やどに植《う》ゑては　見《み》るごとに　思《おも》ひは止《や》まず　恋《こい》こそ増《ま》され

作者 大伴家持　（巻19−4186）

大意 山吹をわが家に植えると、見るたびに物思いが止まず、かえって恋心こそつのるよ。

解説 天平勝宝2年（750）4月5日（太陽暦5月18日）に、奈良の都にいる家持の妹と見られる女性から贈られた歌をうけてよまれた1首。山吹の花をよんだ長歌に添えられている。

山吹の美しさに誘発されて「恋」の悩ましさを嘆いた歌だが、都にいる妹への思慕の情が込められている。

❹ この雪《ゆき》の　消《け》残《のこ》る時《とき》に　いざ行《ゆ》かな　山橘《やまたちばな》の　実《み》の照《て》るも見《み》む

作者 大伴家持　（巻19−4226）

大意 この雪がまだらに残る時に、さあ行こうではないか。山橘の実が輝くのも見よう。

解説 天平勝宝2年（750）12月（太陽暦2月上旬〜中旬）、雪の日に作られた歌。「いざ」は人を誘うときの言葉。山橘（ヤブコウジ）は小さな赤い実がなる常緑低木。

現実には雪が降っている風景のなかで、これから雪がやんで消えかかったときのことを想像した歌。消え残るまだら雪の白色と、ヤブコウジの実の輝くような赤色の取り合わせが美しい。

❺ 雄《お》神河《かみかわ》　紅《くれない》にほふ　娘子《おとめ》らし　葦附《あしつき》取《と》ると　瀬《せ》に立《た》たすらし

作者 大伴家持　（巻17−4021）

大意 雄神川に紅色が照り映えている。少女たちが葦付をとるために浅瀬に立っているらしい。

解説 天平20年（748）、越中守であった家持は、春の出挙（すいこ）のために諸郡を巡行した。このときによまれたのが、4021番から4029番までの一連の歌であり、当歌は雄神川のほとりで作られた。雄神川は庄川の上流にあたる。

「葦附」は食用の川藻で、「水松(みる)の類(たぐい)」との注がつけられている。この土地ならではの珍しい風物と、華やかで美しい風景に感動して作ったのであろう。万葉集でアシツキをよんだ例は当歌のみ。

6 ほととぎす　厭《いと》ふ時《とき》なし　あやめ草《ぐさ》　蘰《かづら》にせむ日《ひ》　こゆ鳴《な》き渡《わた》れ

作者 作者未詳の古歌 (巻 18−4035)

大意 ほととぎすの声はいつ聞いてもよい。あやめ草を蘰にする日には、ここを通って鳴き渡ってほしい。

解説 天平20年 (748) 3月23日 (太陽暦4月29日) 、左大臣橘諸兄(もろえ)の使者田辺福麻呂を迎え、家持の邸宅で歓迎の宴が開かれた。その時に福麻呂が口ずさんだ作者未詳の古歌。

「あやめ草蘰にせむ日」は、5月5日の端午の節句をさす。あやめ草は、水辺に自生する多年草で、根茎・葉などから発する香気が邪気を払い、疫病を除くと言われた。

あやめ草の蘰で身を飾り、ホトトギスの声を聞くという夏の風流がうたわれた古歌を口ずさみ、夏の到来を待ちかねている家持たちである。

7 ほととぎす　いとねたけくは　橘《たちばな》の　花《はな》散《ち》る時《とき》に　来《き》鳴《な》きとよむる

作者 大伴家持 (巻 18−4092)

大意 ほととぎすがひどくしゃくにさわることは、橘の花が散る時に来て、鳴き声を響かせることだ。

解説 天平感宝元年 (749) 5月10日 (太陽暦6月3日) の作。家持は帳 (とばり) の中で一人、遠くに鳴くホトトギスの声を聞いている。

越中はホトトギスの到来がおそく、タチバナの花が散ってしまうときに思いがけなくやって来て鳴くのでねたましい、と嘆いている。

8 なでしこが　花見《はなみ》るごとに　娘子《おとめ》らが　笑《え》まひのにほひ　思《おも》ほゆるかも

作者 大伴家持 (巻 18−4114)

大意 なでしこの花を見るたびに、少女の笑顔の美しさが思われるよ。

解説 天平感宝元年 (749) 閏(うるう)5月26日 (太陽暦7月19日) に、庭に咲く花を眺めて作った長歌に添えられた短歌。庭に植えたナデシコは、都に残した妻坂上大嬢(さかのうえのおおおとめ)をしのぶためのものであった。

「娘子」は坂上大嬢のことで、「娘子ら」の「ら」は親しみの表現である。花を見るたびに、妻のにおうような美しい笑顔が思い出されるのである。

9 わが園《その》の　李《すもも》の花《はな》か　庭《にわ》に降《ふ》る　はだれのいまだ　残《のこ》りたるかも

作者 大伴家持 (巻 19−4140)

大意 わが庭上の李《すもも》の落花か。それとも庭に降った斑雪《まだら》がまだ消え残っているのか。

解説 天平勝宝2年 (750) 3月1日 (太陽暦4月15日) の春の夕暮れに、「春の苑紅にほふ…」の歌とともに作られた歌。スモモの花の落花と残雪との取り合わせは、漢詩の伝統的な美的表現。当歌ではさらに、古代日本人が感じていた、夕暮れにもののまぎれる不思議な感覚が歌われている。

10 朝床《あさとこ》に　聞《き》けばはるけし　射水河《いみずがわ》　朝漕《あさこ》ぎしつつ　唄《うた》ふ船人《ふなびと》

作者 大伴家持 (巻 19−4150)

大意 朝の寝床に聞いていると、遠くから歌が聞こえてくる。射水川で朝船を漕ぎつつ歌っている船頭よ。

解説 天平勝宝2年 (750) 3月3日 (太陽暦4月17日) 早朝に作られた歌。朝の寝床に身を横たえて、遠くから遙かに聞こえてくる船人の歌を家持は聞いている。

射水川は、越中国府のすぐ横を流れる川で、現在の小矢部川にあたる。

漢詩を強く意識しており、自分が揚子江のほとりにいるかのような幻想の世界の中で、家持は当歌をよんでいる。

⑪ 皇祖《すめろき》の　遠御代御代《とおみよみよ》は　い敷《し》き折《お》り　酒《き》飲《の》みきといふそ　このほほがしは

作者　大伴家持　(巻 19−4205)

大意　皇祖たちの遠い御代御代には、広げ畳んで酒を飲んだということよ。このホオガシワは。

解説　天平勝宝2年（750）4月12日（太陽暦5月25日）、家持が国庁の官人を連れて布勢の水海に遊覧した時に作られた歌の一つ。布勢の水海は、かつて氷見市南部に広がっていた潟（かた）。

「皇祖」は歴代の天皇をさす。ホオガシワはホオノキで、葉は大型で食物を盛ったり包んだりするのに使われた。「い敷き折り」は、酒を入れるために葉を漏斗（ろうと）形にし、コップに代用したことをいう。

⑫ 石瀬野《いわせの》に　秋萩《あきはぎ》しのぎ　馬並《うまな》めて　初鳥猟《はつとがり》だに　せずや別《わか》れむ

作者　大伴家持　(巻 19−4249)

大意　岩瀬野に秋の萩を折り伏せ、馬を並べて、最初の鷹狩さえしないままに、別れるのでしょうか。

解説　天平勝宝3年（751）秋、家持は少納言に任じられ、5年に及ぶ越中での生活に別れを告げて帰京することになった。そこで家持は、都へ出張中だった部下の久米広縄の館におもむき、悲別の歌を2首のこした。そのうちの1首。家持にとって、広縄とともに鷹狩に親しんだことは、越中での思い出として強く心に残っていたのだろう。石瀬野には、高岡市石瀬(いしぜ)一体の地とする説と、富山市東岩瀬(ひがしいわせ)町付近とする説とがある。

⑬ 珠洲《すず》の海《うみ》に　朝開《あさびら》きして　漕《こ》ぎ来《く》れば　長浜《ながはま》の浦《うら》に　月照《つきて》りにけり

作者　大伴家持　(巻 17−4029)

大意　珠洲の海から、朝港を出て漕ぎ出して来ると、いつか長浜の浦には月が照っていたことだ。

解説　天平20年（748）、国守として春の出挙（すいこ）のため越中国内を巡行した家持が、その旅の最後によんだ歌。

珠洲の位置する能登半島は、当時は越中に属していた。「長浜の浦」は、氷見の松田江の長浜あたりをさすと言われている。朝に珠洲の港を出て、夜になってようやく長浜に着いたとき、春の穏やかな波をたたえた浦一面に月が照っている美しい光景を発見したのである。

⑭ 藤波《ふじなみ》の　影《かげ》なす海《うみ》の　底清《そこきよ》み　沈《しず》く石《いし》をも　玉《たま》とそ我《あ》が見《み》る

作者　大伴家持　(巻 19−4199)

大意　藤波が影を映す海の底が清らかなので、沈んでいる石をも私は珠と見ることだ。

解説　天平勝宝2年（750）4月12日（太陽暦5月25日）、家持が国庁の官人を連れて布勢の水海に遊覧し、多祜（たご）の浦に船を泊めて藤の花を観賞した時に作られた歌の一つ。布勢の水海の東南に位置する多祜の地は藤の名所として知られ、のちに歌枕となり、松尾芭蕉も訪れようとした。氷見市下田子の藤波神社には、今も藤の古木が美しい花を咲かせる。

⑮ もののふの　八十娘子《やそおとめ》らが　汲《く》みまがふ　寺井《てらい》の上《うえ》の　堅香子《かたかご》の花《はな》

作者　大伴家持　(巻 19−4143)

大意　（もののふの）多くの少女たちが入り乱れて水を汲む、その寺井のほとりの堅香子の花よ。

解説　天平勝宝2年（750）3月2日（太陽暦4月16日）によまれた歌。

「もののふ」は朝廷に仕える人たちのことで、たくさんいることから「八十」に続けて数が多いことを表す。「堅香子」（カタクリのこと）は、早春にピンク色の花弁を下に向けて咲かせる。万葉集でカタカゴをよんだ例は当歌のみ。少女たちが入り乱れて水を汲む様子が、群生して咲く花の様子に重ねられている。

4. 新川《にいかわ》郡

滑川《なめりかわ》市・上市《かみいち》町・立山《たてやま》町・舟橋《ふなはし》村・

魚津《うおづ》市・黒部《くろべ》市・入善《にゅうぜん》町・朝日《あさひ》町

4. 新川郡《にいかわ》

現在の富山県東部、滑川《なめりかわ》市・上市《かみいち》町・立山《たてやま》町・舟橋《ふなはし》村・魚津《うおづ》市・黒部《くろべ》市・入善《にゅうぜん》町・朝日《あさひ》町と富山市の東半分の範囲とされるが、《越中万葉》に残されている歌は少ない。新川郡で詠んだと明確に記されている歌は、つぎの一首のみである。

新川郡《にひかはのこほり》にして延槻河《はひつきがは》を渡る時に作る歌一首

立山《たちやま》の　雪《ゆき》し来《く》らしも　延槻《はひつき》の　河《かは》の渡《わた》り瀬《ぜ》　鐙《あぶみ》浸《つ》かすも　（大伴家持　巻十七・四〇二四）

【現代語訳　立山《たちやま》の雪が解けて流れてきたらしい。延槻《はいつき》河の渡り瀬で、ふえた水かさであぶみまでも水にらした。】

この歌にある「延槻河」は現在の滑川市と魚津市の市境を流れる早月《はやつき》川のことで、「立山の雪し来らしも」と、雪解け水によって増水した様子が歌われている。

あとひとつ「新川郡」の記載がある。いわゆる「越中三賦《えっちゅうさんぷ》」のなかの一首「立山《たちやま》の賦《ふ》」の題詞の下にある「この立山は新川郡《にひかはのこほり》にあり」という家持の注記である。「立山の賦」の反歌には、

立山《たちやま》に　降《ふ》り置《お》ける雪《ゆき》を　常夏《とこなつ》に　見《み》れども飽《あ》かず　神《かむ》からならし　（大伴家持　巻十七・四〇〇一）

【現代語訳　立山《たちやま》に降り置いている雪は、夏のいま見ても見あきることがない。神の山だからにちがいない。】

片貝《かたかひ》の　河《かは》の瀬《せ》清《きよ》く　行《ゆ》く水《みづ》の　絶《た》ゆることなく　あり通《がよ》ひ見《み》む　（大伴家持　巻十七・四〇〇二）

【現代語訳　片貝《かたかい》の川の瀬も清く流れゆく水のように、絶えることなくずっと通い続けてこの山を見よう。】

と、現在の魚津市内を流れる片貝川も詠まれている。しかし、なによりも「立山《たちやま》」が新川郡を代表する景物であったことは間違いない。

なお、黒部市宇奈月《うなづき》町にある雞野《けいや》神社には、ここまでやってきた時に家持が植えたとする「月訪《つきとい》の桜」があり、

鶏《とり》の音《ね》もきこえぬ里に夜もすがら月よりほかに訪ふ人もなし

という歌を詠んだとする伝承があり、この歌を刻んだ歌碑が建っている。

（新谷秀夫）

【古代新川郡関連史料】

○史跡

　じょうべのま遺跡（下新川郡入善町田中七九〇）

　【平安時代前期の荘園関連遺跡。「西庄」墨書土器や木簡が出土。出土遺物の一部は、入善町民会館に展示】

○飛鳥池遺跡出土木簡

・高志□新川評

・石□〔背カ〕五十戸大□〔家カ〕□目

○平城京跡出土木簡

・越中国新川郡雑腊一斗二

・升

○東大寺領荘園絵図

天平宝字三年（七五九）　「越中国新川郡丈部開田地図」（正倉院宝物）

　「越中国新川郡大藪開田地図」（正倉院宝物）

神護景雲元年（七六七）　「越中国新川郡大荊村墾田地図」（正倉院宝物）

【滑川市立博物館に関連展示あり】

○『和名類聚抄』

郡名「迩布加波」

管郷　長谷・志麻・石勢・大荊・丈部・車持・鳥取・布留・佐味・川枯

○『延喜式』神名帳

神度神社・建石勝神社・櫟原神社・八心大市比古神社・日置神社・布勢神社・雄山神社

【関連展示施設】

□まいぶんＫＡＮ（下新川郡朝日町不動堂二一四）

□入善町民会館（下新川郡入善町入膳三二〇〇）

□うなづき友学館（黒部市宇奈月町下立六八二）

□魚津歴史民俗博物館（魚津市小川寺字天神山一〇七〇／季節休館あり）

□滑川市立博物館（滑川市開六七六）

□立山町埋蔵文化財センター・郷土資料館（中新川郡立山町谷口四三）

30. 黒部宇奈月温泉全図

1

片貝の川の瀬清く行く水の絶ゆることなくあり通ひ見む（17・4002）
書◎宮坂翠峰
場所◎片貝川黒谷橋東詰
交通◎あいの風とやま鉄道「魚津」から車で20分

31. 宇奈月町浦山駅周辺

雛野神社

1

鶏の音も聞こえぬ里に夜もすがら月よりほかに訪う人もなし（大伴家持伝承歌）
書◎吉田帰雲
場所◎雛野神社境内
交通◎富山地鉄本線「浦山」徒歩 10 分

32. 魚津市木下新・持光寺

大徳寺境内

1

片貝の川の瀬清く行く水の絶ゆることなくあり通ひ見む（17・4002）
書◎清河七良
場所◎川の瀬団地公園
交通◎富山地方鉄道「経田」徒歩 25 分

2

可多加比能可波能瀬伎欲久由久美豆能多由流許登奈久安里我欲比見牟（17・4002）（左下に書き下し）
書◎高瀬重雄
場所◎大徳寺境内
交通◎富山地鉄バス「持光寺」。富山地方鉄道「経田」徒歩 10 分

33. 魚津駅周辺

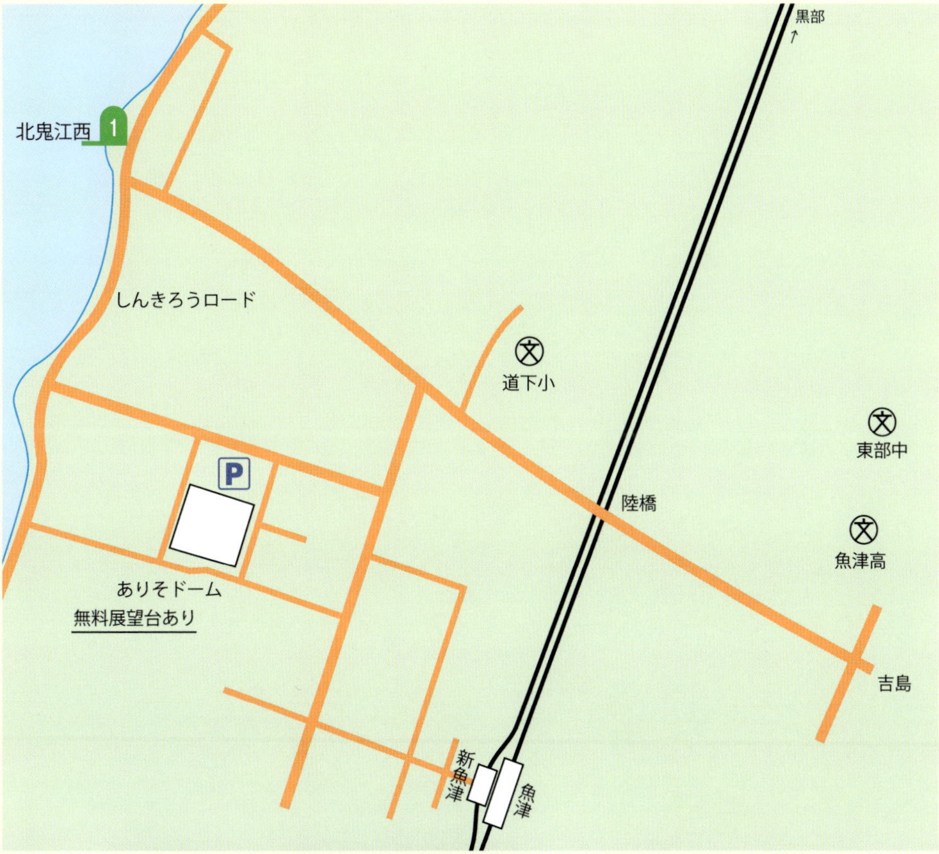

1

(右に書き下し、左に原文)

故之能宇美能信濃乃波麻乎由伎久良之奈我伎波流比毛和須礼弖於毛倍也
(17・4020)
書◎高瀬重雄
場所◎「懐かしの灯台塚」広場
交通◎あいの風とやま鉄道「魚津」徒歩15分

懐かしの灯台塚

34. 魚津水族館周辺

1

多知夜麻乃由吉之久良之毛波比都奇能河波能和多理瀬
安夫美都加須毛（17・4024）
書◎山田孝雄
場所◎魚津水族館レストハウス横
交通◎あいの風とやま鉄道「西魚津」徒歩 15 分

歌碑の来歴

本書掲載・歌碑万葉歌一覧

○ 本書に掲載した歌碑を歌番号順に一覧しました。
○ 「た」は既刊図書『越中万葉をたどる』、「楽」は『越中万葉を楽しむ』の解説番号です。本書掲載場所は、最初の数字が地図の番号、次の数字が歌碑の番号です。参考にしてください。
○ 『越中万葉をたどる』、『越中万葉を楽しむ』はこの一覧の最後に紹介しています。

巻・歌番号	歌	た	楽	本書掲載場所
⑯三八八二	渋谿の 二上山に 鷲そ子産むといふ 翳にも 君がみために 鷲そ子産むといふ		2	2-4
⑰三九四三	秋の田の 穂向見がてり わが背子が ふさ手折り来る をみなへしかも	1	3	3-8
⑰三九五二	妹が家に 伊久里の森の 藤の花 今来む春も 常かくし見む	3	7	20-1／20-2
⑰三九五四	馬並めて いざうち行かな 渋谿の 清き磯廻に 寄する波見に	4	9	3-13
⑰三九七〇	あしひきの 山桜花 一目だに 君とし見てば 我恋ひめやも			2-11
⑰三九八五	射水河 い行きめぐれる 玉くしげ 二上山は 春花の 咲ける盛りに 秋の葉のにほへる時に 出で立ちて ふりさけ見れば 神からや そこば貴き 山からや 見が欲しからむ すめ神の 裾廻の山の 渋谿の 崎の荒磯に 朝なぎに 寄する白波 夕なぎに 満ち来る潮の いや増しに 絶ゆることなく いにしへゆ 今のをつつに かくしこそ 見る人ごとに かけてしのはめ			3-14
⑰三九八七	玉くしげ 二上山に 鳴く鳥の 声の恋しき 時は来にけり	7	22	2-6／2-7／2-8／2-9／2-13／3-17
⑰三九九二	布勢の海の 沖つ白波 あり通ひ いや年のはに 見つつしのはむ	8		15-1／15-4
⑰四〇〇〇	天ざかる 鄙に名かかす 越の中 国内ことごと 山はしも しじにあれども 川はしも さはに行けども すめ神の うしはきいます 新川の その立山に 常夏に 雪降り敷きて 帯ばせる 片貝河の 清き瀬に 朝夕ごとに 立つ霧の 思ひ過ぎめや あり通ひ いや年のはに よそのみも ふりさけ見つつ 万代の 語らひぐさと いまだ見ぬ 人にも告げむ 音のみも 名のみも聞きて ともしぶるがね			3-15／29-a
⑰四〇〇一	立山に 降り置ける雪を 常夏に 見れども飽かず 神からならし	9	24	2-7／23-2／27-1
⑰四〇〇二	片貝の 河の瀬清く 行く水の 絶ゆることなく あり通ひ見む		25	30-1／32-1／32-2

巻・歌番号	歌	た	楽	本書掲載場所
⑰四〇〇四	立山に　降り置ける雪の　常夏に　消ずて渡るは　神ながらとそ			3-10
⑰四〇〇六	かき数ふ　二上山に　神さびて　立てるつがの木　本も枝も　同じ常磐に			2-10
⑰四〇〇八	あをによし　奈良を来離れ　天ざかる　鄙にはあれど　わが背子を　見つつし居れば 思ひ遣る　こともありしを　大君の　命恐み　食す国の　事取り持ちて　若草の　足結 手作り　群鳥の　朝立ち去なば　後れたる　我や悲しき　旅に行く　君かも恋ひむ　思 ふそら　安くあらねば　嘆かくを　留めもかねて　見渡せば　卯の花山の　ほととぎす 音のみし泣かゆ　朝霧の　乱るる心　言に出でて　言はばゆゆしみ　礪波山　手向の神 に　幣奉り　我が乞ひ禱まく　はしけやし　君がただかを　ま幸くも　ありたもとほり 月立たば　時もかはさず　なでしこが　花の盛りに　相見しめとそ			19-4
⑰四〇〇九	玉桙の　道の神たち　賂はせむ　我が思ふ君を　なつかしみせよ		27	19-4
⑰四〇一〇	うら恋し　わが背の君は　なでしこが　花にもがもな　朝な朝な見む		28	19-4
⑰四〇一六	婦負の野の　すすき押しなべ　降る雪に　宿借る今日し　悲しく思ほゆ		31	23-4／25-1／26-3
⑰四〇一七	東風　いたく吹くらし　奈呉の海人の　釣する小舟　漕ぎ隠る見ゆ	11	32	2-7／2-12／7-1／29-c
⑰四〇一八	みなと風　寒く吹くらし　奈呉の江に　夫婦呼びかはし　鶴さはに鳴く		33	2-12／7-3／7-4
⑰四〇二〇	越の海の　信濃の浜を　行き暮らし　長き春日も　忘れて思へや		35	2-12／33-1
⑰四〇二一	雄神河　紅にほふ　娘子らし　葦附取ると　瀬に立たすらし	12	36	6-1／6-2／29-5
⑰四〇二二	鸕坂河　渡る瀬多み　この我が馬の　足掻きの水に　衣濡れにけり	13	37	25-1／26-1／26-3
⑰四〇二三	婦負河の　速き瀬ごとに　篝さし　八十伴の男は　鵜川立ちけり	14	38	26-2
⑰四〇二四	立山の　雪し来らしも　延槻の　河の渡り瀬　鐙浸かすも	15	39	34-1
⑰四〇二五	之乎路から　直越え来れば　羽咋の海　朝なぎしたり　船梶もがも	16	40	10-1／10-5／10-6
⑰四〇二九	珠洲の海に　朝開きして　漕ぎ来れば　長浜の浦に　月照りにけり	20	41	29-13
⑱四〇三二	奈呉の海に　舟しまし貸せ　沖に出でて　波立ち来やと　見て帰り来む		42	3-9
⑰四〇三五	ほととぎす　厭ふ時なし　あやめ草　蘰にせむ日　こゆ鳴き渡れ			29-6

⑱四〇四三	明日の日の　布勢の浦廻の　藤波に　けだし来鳴かず　散らしてむかも			14-5／15-2
⑱四〇五一	多祜の崎　木の暗茂に　ほととぎす　来鳴きとよめば　はだ恋ひめやも	24	50	14-2／14-3
⑱四〇六九	明日よりは　継ぎて聞こえむ　ほととぎす　一夜のからに　恋ひわたるかも			10-2
⑱四〇七九	三島野に　霞たなびき　しかすがに　昨日も今日も　雪は降りつつ	26	57	8-1／9-1
⑱四〇八五	焼大刀を　礪波の関に　明日よりは　守部遣り添へ　君を留めむ	28	58	18-1／19-1
⑱四〇九一	卯の花の　ともにし鳴けば　ほととぎす　いやめづらしも　名告り鳴くなへ			2-11
⑱四〇九二	ほととぎす　いとねたけくは　橘の　花散る時に　来鳴きとよむる			29-7
⑱四〇九三	英遠の浦に　寄する白波　いや増しに　立ちしき寄せ来　あゆをいたみかも	29	59	11-1
⑱四〇九四	海行かば　水漬く屍　山行かば　草生す屍　大君の　辺にこそ死なめ　顧みはせじ			3-6
⑱四一一三	大君の　遠の朝廷と　任きたまふ　官のまにま　み雪降る　越に下り来　あらたまの　年の五年　しきたへの　手枕まかず　紐解かず　丸寝をすれば　いぶせみと　心なぐさに　なでしこを　やどに蒔き生ほし　夏の野の　さ百合引き植ゑて　咲く花を　出で見るごとに　なでしこが　その花妻に　さ百合花　ゆりも逢はむと　慰むる　心しなくは　天ざかる　鄙に一日も　あるべくもあれや			16-1
⑱四一一四	なでしこが　花見るごとに　娘子らが　笑まひのにほひ　思ほゆるかも	32	61	29-8
⑱四一二四	わが欲りし　雨は降り来ぬ　かくしあらば　言挙げせずとも　稔は栄えむ	33		12-1
⑱四一三六	あしひきの　山の木末の　寄生取りて　かざしつらくは　千年寿くとそ	35	65	3-7／29-1
⑲四一三九	春の苑　紅にほふ　桃の花　下照る道に　出で立つ娘子	37	67	3-1／3-2／3-3／29-6
⑲四一四〇	わが園の　李の花か　庭に降る　はだれのいまだ　残りたるかも	38	68	29-9
⑲四一四三	もののふの　八十娘子らが　汲みまがふ　寺井の上の　堅香子の花	40	71	2-11／3-5／29-15
⑲四一四八	杉の野に　さ躍る雉　いちしろく　音にしも泣かむ　隠り妻かも	41	73	3-11／28-1
⑲四一五〇	朝床に　聞けばはるけし　射水河　朝漕ぎしつつ　唱ふ船人	42	75	2-7／2-12／3-4／4-1／29-10
⑲四一五一	今日のためと　思ひて標めし　あしひきの　峰の上の桜　かく咲きにけり	43		3-16
⑲四一五九	磯の上の　都万麻を見れば　根を延へて　年深からし　神さびにけり	45	79	2-2／2-3／2-11／29-2

巻・歌番号	歌	た	楽	本書掲載場所
⑲四一七七	わが背子と　手携はりて　明けくれば　出で立ち向かひ　夕されば　ふりさけ見つつ　思ひ延べ　見和ぎし山に　八つ峰には　霞たなびき　谷辺には　椿花咲き　うら悲し　春し過ぐれば　ほととぎす　いやしき鳴きぬ　ひとりのみ　聞けばさぶしも　君と我れと　隔てて恋ふる　礪波山　飛び越え行きて　明け立たば　松のさ枝に　夕さらば　月に向かひて　あやめ草　玉貫くまでに　鳴きとよめ　安眠寝しめず　君を悩ませ			19-3
⑲四一七八	我れのみに　聞けばさぶしも　ほととぎす　丹生の山辺に　い行き鳴かにも			19-3
⑲四一七九	ほととぎす　夜鳴きをしつつ　わが背子を　安眠な寝しめ　ゆめ心あれ			19-3
⑲四一八六	山吹を　やどに植ゑては　見るごとに　思ひは止まず　恋こそ増され			29-3
⑲四一八七	思ふどち　ますらをのこの　木の暗　繁き思ひを　見明らめ　心遣らむと　布勢の海に　小船つら並め　ま櫂掛け　い漕ぎめぐれば　乎布の浦に　霞たなびき　垂姫に　藤波咲きて　浜清く　白波騒き　しくしくに　恋はまされど　今日のみに　飽き足らめやも　かくしこそ　いや年のはに　春花の　茂き盛りに　秋の葉の　もみたむ時に　あり通ひ　見つつしのはめ			15-5
⑲四一九九	藤波の　影なす海の　底清み　沈く石をも　玉とそ我が見る	48	83	14-4
⑲四二〇五	皇祖の　遠御代御代は　い敷き折り　酒飲みきといふそ　このほほがしは	54		29-11
⑲四二〇六	渋谿を　さしてわが行く　この浜に　月夜飽きてむ　馬しまし止め	55	89	2-1／14-1
⑲四二二六	この雪の　消残る時に　いざ行かな　山橘の　実の照るも見む	56	96	29-4
⑲四二四九	石瀬野に　秋萩しのぎ　馬並めて　初鳥狩だに　せずや別れむ	58	98	5-1／5-2
⑲四二五〇	しなざかる　越に五年　住み住みて　立ち別れまく　惜しき宵かも	59	99	3-12
⑲四二五一	玉桙の　道に出で立ち　行く我は　君が事跡を　負ひてし行かむ		100	13-1

『越中万葉をたどる』『越中万葉を楽しむ』のご紹介

※本書の姉妹編です。ぜひ参考にしてください。

越中万葉をたどる
60首で知る大伴家持がみた、越の国。

A5判 138ページ 並製
定価：1,000円＋税
ISBN 978-4-305-70689-8

越中ゆかりの万葉歌をたずねるすべての人へ。
「越中万葉」とは、『万葉集』編纂に大きく関わった大伴家持が、越中守に任ぜられ、いまの高岡市伏木にあった国庁に赴任し、越中国で詠んだ歌々を中心とした 337 首を称するもの。本書はそのうちの 60 首を精選し、やさしく紹介する。フルカラー印刷。

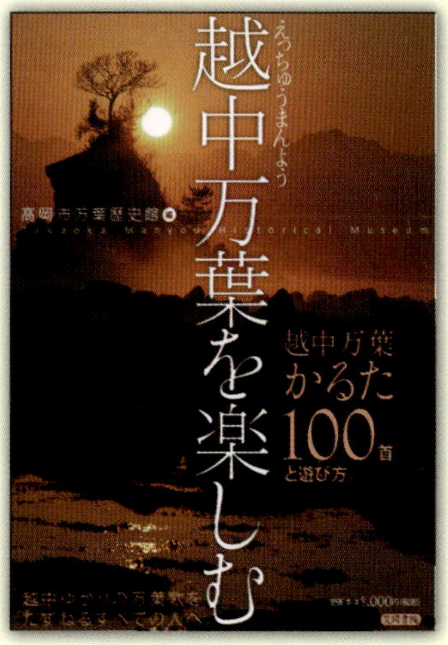

越中万葉を楽しむ
越中万葉かるた100首と遊び方。

A5判 128ページ 並製
定価：1,000円＋税
ISBN 978-4-305-70731-4

越中ゆかりの万葉歌をたずねるすべての人へ。
『万葉集』の中から越中関連歌百首を選び小倉百人一首のようにかるた形式にした「越中万葉かるた」を、村閑歩氏の絵と、近藤芳竹氏の書とともにわかりやすく紹介するものです。「越中万葉かるた」の世界をわかりやすく紹介するべく、かるた大会のことや遊び方も紹介。その他、高岡市万葉歴史館蔵の万葉かるた 10 種を紹介。

高岡市万葉歴史館周辺地図

高岡市万葉歴史館へのアクセス方法は下記サイトに詳しく紹介しています。

http://www.manreki.com/sisetu/access.htm

ぜひご覧の上、ご来館ください。

富山地方鉄道株式会社　http://www.chitetsu.co.jp/

加越能バス株式会社　http://www.kaetsunou.co.jp/

高岡市万葉歴史館の QR コードです→

Takaoka Manyou Historical Museum

高岡市万葉歴史館

〒933-0116　富山県高岡市伏木一宮 1-11-11
電話　0766-44-5511　FAX　0766-44-7335
E -mail　manreki@office.city.takaoka.toyama.jp
http://www.manreki.com

高岡市万葉歴史館は、『万葉集』に関心の深い全国の方々との交流を図るための拠点施設として、1989（平元）年の高岡市市制施行百周年を記念する事業の一環として建設され、1990（平2）年10月に開館しました。

万葉歴史館は、「万葉集」と万葉の時代を探求するため、広く関係資料・文献・情報等の収集、整理、調査、研究を行い、その成果を公開するとともに、展示、出版や教育普及などの諸活動を通して、以下のような機能を果たしています。

■展示機能

・「万葉集」に親しむとともに、様々な知識が得られます。

■教育普及機能

・地域住民を対象とした館内活動（学習会・講演会）や臨地学習会などの屋外活動を行っています。
・各種出版物を編集し、発行しています。

■調査・研究・情報収集機能

・「万葉集」の専門的研究をすすめ、資料・文献などを収集し、保存しています。
・「万葉集」の研究や情報収集の場を提供します。
・図書や館収蔵資料を公開し、閲覧できます。

■観光・娯楽機能

・万葉の自然とふれあう、やすらぎとうるおいの場を創出しています。
・周辺観光の拠点施設となっています。

越中万葉をあるく

歌碑めぐり MAP

●高岡市万葉歴史館論集　別冊 3

2015（平成 27）年 3 月 31 日　初版第一刷発行

編　者　高岡市万葉歴史館

執　筆　坂本　信幸
新谷　秀夫
関　隆司
田中夏陽子
井ノ口　史
大川原竜一

発行者　池田圭子

装　丁　笠間書院装丁室

発行所　笠 間 書 院

〒 101-0064　東京都千代田区猿楽町 2-2-3
電話　03-3295-1331 Fax 03-3294-0996
振替　00110-1-56002

ISBN978-4-305-70777-2 C0095

モリモト印刷・製本
乱丁・落丁本はお取り替えいたします。
http://kasamashoin.jp/